披頭散髮、肌雪顏花的麗人，
如顛似狂的拎著匕首大笑，行於如雪月光下，
秋桂無知的芳香四溢，卻讓氣氛詭豔淒厲起來。

蝴蝶館 63

深院月

上卷

〈轉朱閣篇〉

Seba 蝴蝶 ◎ 著

elegantbooks

轉朱閣篇

紅燭高燒而燭淚潸然，偶爾會爆起燭花的霹啪聲，在寂靜的夜裡異樣清晰。

折騰了一整天，理應累得昏睡過去的芷荇卻睜著眼睛，望著喜帳暖洋洋的燭光。今天是她洞房花燭夜，說起來應該是一生當中最重要、最幸福的一天……

但她想的卻是攸關生死的大問題。

嫁過來之前，她就有心理準備，儘管表面上看起來她嫁入高門……好歹馮家也上了世家譜，累世大族。但她是在一干隔肚皮的姊妹憐憫嘲笑兼幸災樂禍中出嫁的。

馮三郎，肌若雪，貌如花，鳳棲宮闕下。

這個耳熟能詳的京城兒歌聽起來挺不錯的是不？但也跟她這樁婚事一樣，只是表面不錯。

馮三郎就是她嫁的郎君，名進字思退，年方二十二，已然七品官，官位看著小，卻為知事郎，是個跟在聖上身邊主掌筆墨的實事官。當今年輕，也大沒幾歲，對這個知事郎著實喜愛，喜愛到常常留宮，傳出些不甚好聽的流言。

十九歲就考上一榜探花，聖上驚豔非常，直接就點他當了知事郎，榮寵至今。大概也是知道傳得太不像話了，乾脆的指婚，不知道怎麼就指到她這個沒沒無聞的刑部員外郎的嫡女。

刑部員外郎，還是從七品小官兒，說難聽點，也就是個案頭打雜的。她爹許大人出身寒門，母族那兒門第還算得上詩書世家，但和馮家還差得很遠。

這樁婚事，雙方都不太樂意，礙於聖上指婚，只能勉強操辦。也是外面看著熱鬧，裡頭透著寂寥。

原本她還給自己打氣，凡事往好處想。但新郎官揭了蓋頭，她抬頭，卻像是澆了一大盆冰水在脊背。

的確肌若雪，顏如花……若不是還有呼吸，真以為是個漂亮的死人。

眼睛裡沒有一點生氣，噙著淡淡的笑，也沒有絲毫歡意。殼兒是漂亮的，裡面卻死絕了。

連那身張揚紅豔的喜袍，都讓他穿出一種哀頹淒美的氣味。

後來新郎官去敬酒，她在房中想了很久，連最下策的抱養都想過了。既意外也不意外的，馮三郎果然碰都沒碰她，只是洗漱睡下，面著牆。

她的心又往下沉了沉，這已經比她想像的還糟糕了。被迫面對了生死大關，哪裡還等得到抱養女兒這一步。

伏枕聽著梆子聲，三更已過。

這人，活著怎麼這麼難。她感慨。

瞥了眼面著牆睡了的馮三郎，離她可遠，蓋著同條錦被，中間卻空落落的，距離何止銀河之遙。

雖說她年已十八，是個老姑娘了。但畢竟是官家千金，恪守閨儀，也沒那個臉自己貼上去。

小心翼翼的坐起來，三郎呼吸勻稱，應當是睡熟了。她輕手輕腳的下了床，一點一點兒把床上鋪著的白綢扯出來，深怕弄醒了夫君，她真是小心到不能再小心，一扯出來，臘月天裡，額頭已經是細細密密的汗。

成了，能交差了。

她更躡手躡腳的走到梳妝台摸索，找到一把小銀刀。手指是割不得的，一準被看見。手腕大約也不行，萬一婆婆賞了鐲子……那是自找的露餡。看起來只能在臂彎劃個一刀……止血也容易。

光線黯淡，她摸索著那處不會出血過多，正要刺下時……她的手腕被抓住。

這一驚非同小可，若不是閨訓極嚴恐怕就尖叫出聲。硬生生將聲音嚥下去，抬頭又是一個激靈。三郎那雙冷冰冰、毫無生氣的眼珠盯著她瞧，披頭散髮，完全像是詐屍。

三郎默不作聲的將她手底的銀刀奪了，芷荇不敢跟他強，再來個誤傷她真不用活了。

「何以自殘？」連聲音都冷得緊，雖然低沉淳厚，卻音調平板，像是從地底冒出來的。

芷荇為難了。這事太羞人，如何出口？但想起娘親過世前她發的誓，一咬牙，還是直言了，「妾身不想沉塘。」

三郎一直黯淡無生氣的眼珠出現了一絲詫異，望了望芷荇捧起的白綢，終於恍然。

沒有落紅，新婦不節，哪怕是皇上指的婚，愛惜世家名聲的馮家勢必把新娘退回去，不想招來皇上的惱怒，許大人大概也只能開祠堂罪女，下場大約就是沉了塘。

沉默了好一會兒，三郎淡淡的問，「妳不想死？活著有什麼好？」

坦白說，芷荇也不覺得活著有什麼好……她就想不起活著有什麼開心的事情。嫁了這樣一個聲名狼藉又活死人一樣的夫君，她也不覺得將來會有什麼好事。

但她深吸一口氣，平心靜氣的說，「死有輕如鴻毛，但妾身願死如泰山之重。」

三郎沉默了下，抽走她手底的白綢，重新鋪回床上，聲音很淡，「妳考慮的很周詳，卻不是妳想的那麼簡單。」

那些嬤嬤們都是眼神毒辣，虎視眈眈巴不得揪出點錯兒的老貨，哪能讓她這樣乾乾淨淨的混過去？

指了指床，「上去。我讓妳交差。」

芷荇的臉嘩的一下通紅，僵在妝凳上不知所措。

「還是妳只是說說，想沉塘？」

……為啥您能擺著一張死人臉，用那麼平靜的死人聲音，說這麼讓人鬱悶的話呢？

天人交戰之後，她挫敗的低頭爬回床上躺平。

不知道為啥，三郎壓在她身上時，她有一種被冥婚的錯覺。

第二天，她是能交差不用沉塘……但除了疼，還是疼。一點其他的感想都沒有。

三郎的臉色也不太好看，更像死人了。她心底有點納悶狐疑，這個和聖上傳出風流名聲的夫君怎麼比她還生手……最少她讓娘親逼著學婦科，好歹模模糊糊的知道一點，夫君卻滿頭大汗的過門不入，好不容易著了，她疼得哭，夫君靨起霞暈，看起來有點活氣兒，卻也……疼得不輕的樣子。

原來母親這樣不易。未生兒女就要一次次這麼捱苦。她又有了新的疑問……看起來不是女人疼，男人也是會疼的。為什麼父親會納了一堆姨娘自找苦吃？而且頗樂在其中……

一肚子疑問，但也沒誰能問，只能嚥著吧。

她掙扎起來穿衣梳洗，在屏風後面給自己上點藥……疼得好些了。整理了下，轉出屏風，三郎已經起身自穿衣裳，她趕上前服侍，三郎冷淡的看了她一眼，卻任她打理，沒有拒絕。只是服飾已整，他非常自然的拿起梳子，自己梳髮。

芷荇遲疑了一會兒，小心翼翼的問，「三爺，是否喚人來為您梳頭？」

「我身邊事不喜旁人。」他冰冷的回答。

芷荇犯難了。她這個被皇上硬塞給他的娘子，算不算旁人呢……？但從「夫婦有義」來說，她不算旁人。

一佔到禮與理，她立刻安心下來，微笑著問，「三爺，妾身為您梳頭可好？」

三郎停了手，思索片刻，默默的把梳子遞給她，算是默許了。

芷荇暗暗鬆了口氣，小心的幫他梳髮綰髻。

不管怎麼樣，她已經嫁給了馮三郎。她也不敢求寵愛……那根本是天邊浮雲。只求客客氣氣，不討人厭的過日子。

馮三郎或許討厭女人吧……她是聽說過那種只愛男子的風流公子哥。雖然都裝不知道，但她到底還是幫著繼母管家，難免會聽到一些風言風語，身邊的丫頭嬤嬤，個個舌長。雖然不甚明瞭，還是知道一些……母家就有個表哥愛這一味，怎麼打罵也不能改，任何女子都不屑一顧。

三郎願意忍著厭惡和疼痛幫她交差，心底還是很感激這個活死人般的夫君。幾年之後，必定無出。那時她可以抱個女兒來養……完成亡母的心願。

綰好了髻，三郎只選了根玉簪。玉面鳳眼，真真人如桃花……的活死人。

這時外面才傳來遲疑的敲門聲，她望了望鏡裡的三郎，看他點頭，才穩聲讓人進來。

太安靜了。

丫頭嬤嬤都肅穆得不得了，連她從娘家帶來的兩個丫頭大氣也不敢喘的雜在眾人中，跪了一地人的道喜，卻沒什麼喜慶味道。

她點點頭，讓兩個丫頭散道喜荷包，並且溫順的由著嬤嬤幫她梳婦人髻。

一切都是靜悄悄的。透過鏡兒，她可以看到三郎在她身後的長榻看著書等。冬日昏暗，依著燭光映紅臉龐，明明美容顏，看起來卻像是傳奇話本兒走出來的哀豔女鬼。

若不是還會翻書頁，真一點點活人氣都沒有。

有些什麼地方不太對勁。芷荇想。但這不對勁，在她隨著三郎準備拜見公婆時……更擴大了。

門簾外明明聽到歡聲笑語，熱炭似的暖洋洋。但丫頭進去通報後，突然停聲，又是一片安靜。

然後丫頭出來喚他們進去，在悄然中，公婆嚴肅的接過她的茶，嚴肅的賞禮，再跟大伯、二伯和妯娌廝見，也是一派肅然……甚至有點敷衍。

她未嫁前就知道她的大伯是庶子，二伯和三郎是嫡子，而且是雙生子。果然兩人極為相似，但誰也不會認錯……若說三郎是亂葬崗上沉寂的月，二伯就是端午正陽。像是雙生子裡把生氣給佔盡了，顯得三郎分外黯淡虛無。

之前覺得京城馮家長房人口簡單，現在卻覺得非常不簡單。

意外的，公婆沒有留飯，也免了他們晨昏定省，說大冷天不必這樣來去，就讓他們走了。

三郎起身一躬，芷荇也福禮，跟在三郎後面。才踏出門口，原本安靜的廳堂，不知道大嫂說了什麼，一陣轟笑聲傳了出來，喜氣洋洋的。

走在前面的三郎腳步微頓，卻又不緩不慢的往前走。

慢慢的，又下雪了。隨行的丫頭嬤嬤打起傘，三郎卻把傘拿過來，獨自前行。

雪漸漸大了，天色陰暗，只有三郎赭紅的袍子隱隱約約，看起來非常孤獨。

這樣的下雪天，回到自己院子已經凍了個不輕，結果大廚房送來的飯菜也已經半溫不熱了。

滴水成冰的天兒，再壓上一肚子寒氣，可了不得。但三郎漠然斯文的吃了起來，他一舉箸，丫頭嬤嬤都退個乾乾淨淨，她陪嫁的兩個丫頭一臉尷尬的被嬤嬤一起拖出去。

「……三爺，咱們院子似乎有個小廚房？」芷荇試探的問。

「沒有廚娘。」三郎漫應，頓了下，「妳若不慣，讓人來把飯菜熱了吧。」

芷荇苦笑了，好似她很嬌生慣養似的……又不是沒有小廚房，能免病就盡量免了，何必自找苦楚？

但她還是叫了人，把湯熱了。而且叮嚀晚飯也要熱過再送進來。嬤嬤嘀咕，「三爺這麼多年都這樣兒吃，也沒見吃壞。」

其他僕從不以為意，但陪嫁過來的吉祥如意兩丫頭已經變色了。趕緊上前捧了湯，陪笑著，「姑娘什麼話，這是奴婢該當的事。」

已經梳上婦人髻的四姑娘，只是抿了抿脣，溫和的對她們笑笑，沒多說什麼，只是瞥了那個嬤嬤一眼。

吉祥和如意用一種「妳已經死了」的眼神，很憐憫的看了看那個嬤嬤，趕忙忙的去熱湯。

聽說還是姑爺的奶嬤嬤呢，忒沒眼色，欺負姑娘面嫩？不知道多少以為姑娘面嫩的姨娘折在姑娘手裡，被整治得有苦說不出，更不要提一些自仗身分的驕奴傲婢撞到姑娘手裡……

四姑娘眼裡只有家法，可沒有人情這回事。管你是誰的人，就算是皇帝賞的，依法處置，半個板子也別想少，該賣該榮養，逃也逃不掉。

十三歲幫著繼夫人管家到十八，威嚴該有多重啊！可人家就是嬌小臉嫩，溫溫柔柔的，看起來忒好欺負……

等脫了好幾百層的皮才後悔，已然太晚。鈍刀子割肉最是疼，這些人還不知死活。

她們倆個乖覺的趕緊去熱湯，順便燉了個嫩嫩的雞蛋羹。可惜廚藝就會這麼多，但表表忠心總是沒錯處的。

結果三郎詫異的喝到了熱湯，還有熱燙燙的嫩雞蛋羹。暖食入腹，他那種逼人的死氣褪了一點兒。

飯後原本要去書房，但他遲疑了一會兒，還是又踱入暖閣，芷荇正坐在炕上繡花，看到他又回頭，就要下來，他擺了擺手，自脫鞋上炕，和芷荇隔一個炕桌，默默的看書。

天色越發昏暗，芷荇有些擔心的看看桌上明滅的油燈，沉吟片刻，喚吉祥進來，讓她去取芷荇慣用的燈。

那是個銅燈，內面打磨的錚平，跟鏡子一樣。只是點根蠟燭，整個敞亮起來。好精巧事物兒。三郎死寂的眼中掠過一絲驚訝。但到底是娘子的嫁妝，他不好多問，只是低頭繼續看書。

那是一本山水雜記，文辭倒罷了，只是內容清新可喜，記錄了許多遠山近水的見聞。只有沉浸其中時，他才能夠暫時的脫離一切，貪到一點忘卻的平靜喜悅。

芷荇悄悄的看他，終於有點活人味道了。只是那本山水雜記很是平常……最少跟她陪嫁過來的十大箱書比起來，寡淡無味。當初她慕名看過以後，很是失望，沒想到三郎把書都看軟了，封面還起毛邊。

或許夫君……不像她想像的那麼活死人？

冷不防的，三郎突然打破平靜，「妳認為，泰山之重的死法，該是怎麼死？」

芷荇差點把自己指頭戳了個透，縮手得快，不然這個荷包就毀了。

……夫君，您問啥不好，偏用這種鬼氣森森的聲音問孔老夫子都「未知生焉知死」敷衍過去的問題？

她想要不要學著敷衍……終不是正途。要綁在一起一輩子，虛來假去，日後麻煩才多，不如乾脆的攤開來講。

所以她正色，「男子如何，妾身不知。但女子當為兒女赴各種死，在所不辭。」

「哦？」

沉默了一下，芷荇壓住湧上來苦澀的淒涼，穩聲道，「吾母僅育妾身一女，母難時幾乎身死。卻為了妾身……忍死十二年，以虎狼之藥延命，不啻日日服毒，其慘狀難以盡數……」

上數了外祖母、外太祖母種種，「生不如死、忍死、為兒女而死。這才是女子死的泰山之重。」

一室死寂。三郎冷冰冰的眼珠子像是鑄在她臉上，她一抬頭就被震懾住，動都不敢動。

「若兒女殺人放火，妳又當如何？」他薄薄的脣吐出這兩句，卻有種幽冷陰森的意味。

我的兒女怎麼可能……她很想這樣回答，但還是細細思索了。

「有冤抵死申冤，若真做下這等事……自當交予國法處決。」她咬牙，「待其他兒女成人，我自尋條麻繩乾淨了了。教養出這樣的兒女，最該死的就是我！」

碰的一聲，炕桌上的東西都跳了起來，不是她身手還行，扶住了銅燈，不知道會不會惹出火災啥的。

「三爺？」她顫顫的問，「您手……疼不？」這麼使力的砸在炕桌上，不痛？

三郎沒有回答，眼睛像是竄著火苗，像是突然活過來……

但也更像詐屍。

我說錯什麼？不同意也沒關係呀，大夥兒好好說，何必這樣生氣……

但也就一會兒，火苗很快的熄滅了，宛如灰燼。他笑了一聲，聽起來讓人內心發冷，「妳打聽得倒細，也算上心了。」

就不再開口。

芷荇悶，很悶。我打聽啥了我？是有什麼可以給我打聽的？我入門才一天哪，連跟丫頭講私房話的時間都沒有，我是能打聽啥？

三郎依舊寡言，還是那副漂亮的活死人樣。但他七天婚假，日日跟芷荇待在一起，他看書，芷荇做女紅。有時候眼睛累了，就望著虛空發呆，很少跟她說話，也不曾再碰過她。

不過，不再那麼冰冷，也不拒絕芷荇的服侍梳頭。晚上睡覺時雖然還是面著牆，但會靠著她一點，睡醒會無言的發現，他依舊面牆蜷成一團，卻緊緊的靠著她的手臂。

她摸不準三郎的意思，這算……不討厭？

可三郎銷假要上朝時，芷荇遞出她這幾日做好的荷包，很雅緻的春蘭秋桂。見他隨身帶著的荷包已經有些陳舊了，她覺得還是替換個比較好。

他眼珠還是冷冰冰的沒有情緒，卻接了過來，把舊荷包的雜物兒往新荷包一倒，然後把舊荷包給她，「收著。」

這人，就這麼站著不動了。新荷包擱在桌上，舊荷包在她手上，該出門了，可這人杵在那兒。

三爺求你了，有話直說不要跟我這麼打啞謎好不？我嫁人也是頭一遭，沒經驗啊！她真欲哭無淚了。

靈機一動，她先擱下舊荷包，然後將新荷包繫到三郎的懷裡。連笑也沒給人笑一個，只是等她繫好，撫平衣襟，罩上披風，他才點點頭，走人了。

才跨過門檻，三郎又回頭，遲疑了好大一會兒，才說，「若晚回，我讓小廝回來告訴。」

「是。」她還想送，卻被三郎撐著門擋住。

「冷，別送了。」然後就走了。

……這真的是，不討厭，對吧？

她覺得太陽穴有點兒疼。

她是臘月初一出嫁的。但三朝卻沒有回門。

這是她老父說的，「天寒地凍的，四丫頭讓我寵得嬌弱。橫豎年在眼前了，初二回娘家一起做回門就好，何必折騰四丫頭和姑爺？」

說是說得挺好聽，可也就表面而已。

她老爹巴不得她永遠別回去，省得看到這個孽女就捶胸頓足的肉疼。

其實他有什麼好肉疼的？芷荇漠然的想。她帶過來的嫁妝，全是她娘親之前的嫁妝，還被吞吃了不少，她老爹一文也沒添，聘禮倒是毫不客氣的全收下了。

要不是母家舅舅在娘臨終前託管一半，指婚後上門吵鬧拉扯著要面聖打御前官司，爭回一半的一半，真都在她老爹手裡，她早就淨身出戶了。

說來可笑，別家都是繼母惦記前人子的嫁妝，想辦法剋扣，許家門風格外不同，乃是親生父親把著不放，口口聲聲罵她不孝，要告她忤逆。

從不想，母親先天不足秉性嬌脆，樣樣坦白講了，年少時的父親還不是央著告媒娶進門的。哄騙了母親嫁妝的田產管著，手頭有錢了，一個兩個什麼阿貓阿狗都拉進門……理直氣壯的指責母親不能生育，需要開枝散葉云云……

拿髮妻的錢買小老婆，好有出息。她長大些知事了，常常這樣諷刺的想。

結果倒好，那些小老婆倒是開花開得勤快，在她前面就三個姊姊。後來母親懷了她，差點產死，還是個女兒。後面還是兩個妹妹，一家六千金。

說好的開枝散葉呢？

母親早心灰意冷，只死死倔著一件事。她的女兒還沒長大，傅氏嫡傳不能斷在她手上，嫁妝不能便宜了那個狠心的狼人。

沒有嫡子？對不起許家祖宗？誰管他。許家子孫還狼心狗肺對不起她呢。有嫡女就行了，她不能對不起傅氏太祖奶奶，讓母傳女、傳了兩百餘年的傅氏嫡傳斷在她手上。

這些話，芷荇的娘從來沒告訴她，連對父親一句怨言也不曾對她說。但她又不是傻子，從小冷眼看到大，難道還看不破看不穿？那她還敢說自己是傅氏嫡傳？

她一輩子溫柔婉轉，只在十二歲發過一次飆。那時母親已經撐不下去了，老爹自己沒臉皮來討，唆使了五個姨娘來吵鬧分嫁妝。

母親已經不能言語，卻也無視那些吵鬧的姨娘。只是眼睛眷戀的看著她，滿懷不捨和憐惜。

她終究要讓母親放心。

低聲跟娘跟前的李嬤嬤細語幾句，李嬤嬤愣然，都忘了哭。「……四姑娘？您是說，戒尺？」

「戒棍。」芷荇沉下臉，「跟本家請來的戒棍。」

許姓雖上不了世家譜，在當地依舊是大族。在本家說話，族長最大，輩分不夠、三品官以下，別想跟族長坐著講話，乖乖站著吧。她老爹一輩子最大願望就是幹到三品官，告老還鄉，可以跟族長坐著講話，最好將來還能當上族長。

這個家什麼都大不過本家請來的戒棍。

李嬤嬤狠狠抹了把眼淚，「四姑娘，奴婢這就去！」

說是戒棍，事實上就是漆了黑漆的扁擔，豎起來比當時的她還高，打人可疼到骨髓。

她把著戒棍，惡狠狠的痛責了一頓「嫡在長之前，妻為妾之主，禮法有別，上下有分」，就舞著戒棍把五個姨娘和三個姊姊痛打了一頓，連衝進來想阻止她的小廝都讓她一路打出二門之外，「內外混雜，這家上下沒天日了！」，嬌喝著管家依家法懲處，讓她查到徇私，要不自請賣出，要不來領她的戒棍。

後來老爹看鬧得不像樣，過來要刮她耳光，誰承想，怎麼也打不著。氣得直罵她不孝，還揚聲說她撞邪了，要高人來除祟。

「爹，您請！」她冷笑，「今天有誰來，我就讓他仔細看熱鬧！一筆寫不出兩個許。我兩個姊姊還沒出嫁，兩個妹妹還沒訂親！哪有我一個人撞邪的道理？滿屋子姨娘庶姐，為什麼都在主母那兒吵鬧哭嚎？明明就是許家都撞了邪！我不怕，大不了我出家去，還一跪一叩到本家族長爺爺那兒請出族譜！」

她衝著一旁的庶長姐冷笑，「您都嫁出門子了，還來插手許家事……我倒是去親家公那兒問一問，有沒有這麼個庶長姐來脅迫主母、欺壓嫡妹的道理?!」

庶長姐本來眼睛一瞪要過來掐她，結果她把戒棍一頓，磅的一聲砸碎一塊青石磚，庶長姐腿軟的跪下來，被打過的脊背又一陣陣的發疼，嗚嗚哭著求饒。

她揚長而去，在母親床前，一樁樁一件件，說得仔仔細細、明明白白。

母親滿意的聽著，點頭，卻又有點遺憾，只有氣音的說，「怪我身體不好，沒把武藝學全……只能讓妳不被欺負去。」

「娘，我會參透所有典籍，教出一個最傑出的傅氏嫡傳。」她慎重的發誓。

母親點點頭，眼神有些散了，「不會讓傅氏斷在妳手上。這樣，我就能安心去見妳外婆……和傅氏太祖奶奶了……可惜看不到我兒風光大嫁……妳老爹的表情一定很有趣。」

幾天後，母親就安然的去了。

她什麼也沒管，只是操辦喪事。父親來找她吵鬧，她不耐煩，把管家鑰匙和帳本全扔給老爹。

除了靈堂，整個許家開始雞飛狗跳的日子，她只管母喪。直到出殯，行盡女兒和兒子該盡的一切孝儀，回院子閉門守孝，管他家翻宅亂。

一年後，繼母進門了，是個比她大三歲、嬌怯怯的富戶庶女。她真不知道父親能這麼好色無恥……把個這麼小的姑娘弄進來。庶長姐還比小繼母大半歲。

這樣的小姑娘哪裡鬥得過在這後宅掀風作浪的姨娘們？擺弄不好，急得要上吊。

父親萬般無奈，只好來求她，芷荇連眉毛也沒抬一抬，只是念經。氣得破口大罵，聽到的只是一串木魚聲，吵得他頭都痛了。

最後是上吊不成的小繼母哭哭啼啼的來找她幫忙。這次她倒是見了……讓個孕婦在外面哭總不是辦法，好歹都是個嫡，她早晚要嫁出去，幫繼母總好過幫老爹。

誰知道她老爹的確不是個東西，就敢把她的婚事一直拖下去，硬生生把她拖到十八，大概指望拖到成了老姑婆，她親娘豐厚的嫁妝就能全入了她老爹的口袋裡。

小繼母急得無法，只是哭，反過來這個前人女還得安慰她。芷荇也知道，小繼母已經使遍媒婆了，無奈她老爹咬死一概搖頭。

誰知道她爹橫，老天爺比他還橫。晴天霹靂，皇上指婚了。

這下舅舅們終於有個好藉口來鬧，嫁妝單子豐豐滿滿，故意弄到許家擺著讓她老爹垂涎三尺兼捶胸頓足，無奈都是鏢客虎視眈眈的顧著，半點由不得他插手，比防賊還嚴。

他爹發狠，連個人都不給女兒陪嫁，還是繼母死說活說，還把幼弟抱出來哭，「沒荇兒當初看出來幫著穩胎，你這獨苗也沒了。」

這才勉強讓吉祥如意陪過來。嫁到這樣的世家豪門，只有兩個丫頭陪嫁，他爹真是獨一份了。

但她還是覺得挺解氣的。雖然馮家看起來就是個龍潭虎穴……但能風光大嫁，成全了她母親的願望，她也甘願去闖一闖。

……

只是她暗暗沉著要好好應對看似不好相與的一家人，結果嫁了個活死人似的夫君，和發配邊疆似的清寂院子，宛如鼓足勁卻一拳打在棉花上，好不難受。

突然從「忙碌到要發瘋」，直抵「閒到只能整理嫁妝」，她望望院門的「修身苑」，想起那十大箱書裡頭的某一本傳奇本兒講的故事……

這匾額改成「活死人墓」，還真是切題得不得了，毫無違和感。

她還以為自己只是想想，沒想到如意的半聲尖叫讓她趕去後啞口無言。

一個空房子裡，端端正正擺了個棺材。她是親手辦過喪事的人，所以最初的一驚過了，仔細瞧就知道是個空的。害怕也不管事兒……不如……

掀開棺材板，果然是空的。

環顧四周，越看越不得勁兒。這未免也準備得太齊全。齊全到只差個死人入棺，就能完全不失禮的出殯了。

越來越覺得真的掛個「活死人墓」才是正解。

她還在皺眉沉思，外面老嬤嬤高聲大罵起來，「妳這兩個小蹄子！也不看看這是什麼地方，自己是個什麼下賤東西，隨便就敢進來？是誰給妳們狗膽這樣胡闖亂撞……」

越說越不成體統了。原本想，這個徐嬤嬤好歹是三郎的奶娘，沒有功勞也有苦勞，不想讓她太難看。但她進了門，卻推三阻四不肯交鑰匙和帳本，還是驚動了三郎出來，用冷冰冰的眼珠子瞅著徐嬤嬤，才讓她膽戰心驚的交代了。

當中虧空，原本就不欲計較了……新婦進門總是要靦腆溫婉些。

果然還是鬆不得。靦腆溫婉還是雪堆裡埋著便好。省得人家指桑罵槐，明面罵她的丫頭，暗地裡罵的卻是她。

芷荇走出去，定定的看著徐嬤嬤，淺淺含著笑，「嬤嬤做什麼發這麼大火呢？」

馮家規矩，服侍過長輩的老僕和奶過少爺小姐的奶娘，身分竟比小輩尊貴些。也就這等世家豪門講究什麼仁善體下、愛屋及烏，倒是慣出一些二等主子橫行霸道的。

徐嬤嬤草草蹲禮，膝蓋還沒彎就直起身，瞪著眼嚷道，「三爺千交代萬交代，這屋子是誰也不准進來的！三奶奶也不要護著娘家人，壞了規矩以後您還怎麼在這院子直得起腰……」

芷荇眼神又淡了些，「那徐嬤嬤跟我和兩個丫頭交代過這規矩麼？吉祥？如意？」

「回三奶奶，徐嬤嬤從未交代！」這兩個丫頭雖然驚魂未定，還是異口同聲了。

徐嬤嬤啞了半晌，強辯道，「可規矩就是規矩，不是說句不知道就完了！若都這樣爭起來，這家早就亂為王了……」

「說的是。」芷荇淡淡的，轉頭跟吉祥說，「瞅瞅，這才是大戶人家的家風，一個奶娘都能點著主子的鼻子罵。多見識見識，咱們小門小戶的真見不到這樣的。說來真是盡信書不如無書……原來坊間刻的聖賢家訓，咱們許家祠堂的家法，都是矇咱們這些小戶人家的。」

她眼角瞥見了個婆子小心翼翼的跑出院門，卻也沒理論。只是冷笑一聲，「吉祥如意，妳們倆去把徐嬤嬤住的屋子給上了鎖，千萬別丟了什麼東西。徐嬤嬤年紀這麼大了，還在這兒操勞，外人知道了，不知道怎麼說咱們三爺呢……也該榮養，享享兒孫的福氣了。」

「妳敢！」徐嬤嬤撲了過來，還是旁邊的丫頭嬤嬤驚醒趕緊把她拉著，可不要鬧出個什麼……徐嬤嬤自為王慣了，三爺又不理論，越發貪瞶，他們可沒落到什麼好處，也沒昏了頭。

「這話說得多戳心呢。」芷荇微露憂傷，卻臉色一沉，罵著吉祥如意，「使不動麼？杵在這兒做啥？平日裡就是太慣妳們，讓妳們跟我你呀我的起來，上下尊卑都顛倒了！」

如意性子憨直些，眼眶一紅，就想說她可是規矩的，卻被吉祥狠踩了一腳，委委屈屈的同著一起福禮，自去找人鎖房子了。

……怎麼事情突然就變成這樣了？徐嬤嬤看著兩個丫頭疾步如飛，不禁大急。這些年明坑暗拿，著實讓她攢了一些來路不是那麼清楚的東西。看三爺活似個死人，又不言語，越發大膽了。原本她想這三奶奶小門小戶的，看著面嫩溫柔，講話都婉轉綿和，揪點小錯，略嚇嚇就能把這院子再管回來……

卻沒想到，這就是個披著羊皮的狼，不吭不哼就朝人脖子刨下去。

「三奶奶，」她撲通一聲跪在雪地，砰砰的磕頭，「老奴也是一片護主心切呀，咱們三爺的性子奶奶也是知道的，總有這個那個不好說的小毛病兒，傳出去可不好聽……是老奴一時急了，三奶奶您高抬貴手，三爺就是老奴的命，出娘胎就是老奴在服侍的……」

她還以為馮家這等世家能有什麼超凡入聖的手段呢……結果還不是一般般。講舊情、訴委屈，順便還暗暗威脅一番。

可惜這老貨算岔了。馮三郎的名聲已經到谷底，到這把年紀得靠皇上指婚才有娘子了。家裡擱著棺材算什麼事兒？只是打算得早些……哪門哪戶的老太太、老太爺不鄭重其事找好棺材板兒，年年上漆哩？

結果徐嬤嬤這事兒，卻算了個虎頭蛇尾。

大管家奉了婆婆的命，天寒地凍的滿頭汗小跑著來，親自帶人把徐嬤嬤綁了，又從屋裡抄出些金銀珠寶，按家規，就要打死。

「這可不好，大管家。」芷荇笑吟吟的制止，「好歹徐嬤嬤是三爺的奶娘，這些財貨指不定是三爺賞的。不分青紅皂白把人打死了……我跟三爺怎麼交代？徐嬤嬤識字不多，這帳我也對不上來……過去也罷了。以後我自會登錄成冊，一絲不苟……勞煩你這趟，我也去跟婆母道乏，讓她老人家多有操心了。」

結果是，徐嬤嬤拿到點金釵頭面，一個包袱，讓她回家「榮養」了。剩下的送給婆母，也被退回來，既然過了明道兒，她也就安然收下。

這也不過就是天明到黑的事兒，解決得這樣明快迅速。

但馮家上下倒是因此一驚，更不要提修身苑滿院奴僕夾緊了尾巴，心裡忐忑個不行。

新官上任三把火，誰不知道？也就徐嬤嬤那老貨敢撩，誰知道看著是隻小貓兒，一把撩下去才知道是虎鬚。

但她打人了？沒。殺個人立威？沒。條條是道理，句句是規矩。擺明道兒就是「既往不咎」，但往後……恐怕砸個碟子都有事兒！

是三把火沒錯，但別人是炮燎子的武火，將來說不定還有個底子能掀。但他們這位看起來溫柔面嫩的三奶奶，卻是明明堂堂的文火，讓人連點錯都揪不出。

可別說，這文火燉人才是說不出的難受……還不得不入鍋。瞅瞅，作威作福那麼多年的徐嬤嬤，一下子就被掀下馬了，灰溜溜的回家「榮養」。誰能奶過三爺還是太太親賞的人？別自討沒趣了。

此時芷荇主僕三人卻在小廚房。今日這事兒，也讓芷荇明白了婆母的態度。她對三郎，莫名的又恨又怕，只求遠遠的別看到他，連想起都最好別想起，包括她這個兒媳。芷荇說什麼都無所謂，婆母只想趕緊打發她。所以她趁此要了自開灶，婆母也允了。

所以她難得的拿了大廚房送過來的份例，洗手作羹湯。

要說廚藝，吉祥如意這兩丫頭，只會燒火，再多就是個雞蛋羹，沒了。

這時候吉祥還在嘀嘀咕咕的罵如意，惹得她眼眶都紅了。

「莫罵她了。」芷荇閒然，「讓她傻去，當個餌才好。咱們太鐵桶，人家都不知道怎麼下手，凡事太全總是不好的。」

「姑娘！」如意不服氣了，「奴婢哪裡傻？只是沒那麼多花花腸子……」

「沒救了，真沒救了。」吉祥低頭挑菜，「姑娘說的是。只是也不能讓姑娘日日做飯……這廚娘還是得雇個。」

「如意家二嫂不是沒事做？讓她來吧。」

如意愣了一下。她家二嫂是個可憐的，天生啞巴，二哥破爛不成材，卻也嫌他二嫂嫌得不行。可以她這軟心腸的小姑娘也想叫來，但這天啞……連在許家都飽受欺負，最後也是被趕了出去。

「可我嫂子……不會說話。」如意訥訥的說。

「我是讓她來煮飯，又不是讓她來說話的。」芷荇淡淡的。

如意又紅了眼圈，深深蹲禮，「謝姑娘賞。」

吉祥倒是有幾分同情的看著如意。這傻丫頭，一向就是個憐弱的，跟她家二嫂感情最好。姑娘這招高得可怕，一下子買了兩個傻子的忠心耿耿。

看芷荇笑笑的看她，吉祥不禁大汗。好在她雖然有些鬼精靈，還知道要抱誰的大腿才正確。這世道，眼前的高枝頭，誰知道明日會不會樓塌了。四姑娘就是個穩的，什麼大富大貴，跟她們這種賣死契的丫頭有個鳥關係。

圖個平平安安的大樹蹲著才是正理。

這丫頭一肚子鬼。芷荇暗笑。品了品湯調味。但她獨獨點了吉祥如意，也是有她的道理。一個聰明得太明白，一個憨得太心實，一個唱黑臉一個唱白臉，這戲才唱得起來、唱得熱鬧……

萬一非唱戲不可的話。

這可不，今天唱了這一齣，三郎才進門，就有人趕著來報信，一臉討好。

「今日妳們辛苦點兒，」芷荇吩咐，「明兒個等如意嫂子來，撥幾個丫頭給她打下手，先委屈妳倆充個燒火丫頭吧。」

她一笑而出，快手快腳的換衣服，迎向撐著油桐傘，臉孔凍得有些發青的三郎。陰沉的天，閃爍的燈籠，穿著七品青衣官袍……

怎麼看都像是女扮男裝的淒豔女鬼。

這院門……真的不改活死人墓嗎？她實在覺得那個修身苑完全不適合啊。

冷冰冰的眼珠還是黯淡沒有生氣，淡淡的笑卻只是禮貌。整個人透出一股生人勿近的氣息，莫怪吉祥說如意頭回見到姑爺，回去發了一晚惡夢。

看到她迎上來，他也就頓了下。自把傘收了遞給旁邊的嬤嬤，只是默默的跟進暖閣，然後像個木人兒坐在炕上。給他懷爐就抱著，給他換鞋換襪就順著，幫他用熱水擦暖臉，他就閉上眼。

看他手腳都凍青了，男人在外面也是不容易的。

雖然不太合規矩，但也不想讓他稍坐暖了又凍著，芷荇詢問他，「三爺，冷得緊……在炕上用飯可好？」

三郎用那讓人發毛的幽黑眼珠看了她好一會兒，點了點頭。

吉祥如意把飯菜擺上來就退出去了。這麼幾天她們都明白，這個令人毛骨悚然的漂亮姑爺，是個孤僻的，討厭有人在跟前。不識好歹的，都會讓他冷冰冰的瞅著，盯到你跪地求饒，回去不發惡夢病個一場都不可得。

怎麼姑娘就有辦法對著這麼恐怖的姑爺一臉溫笑，泰然自若呢？

其實芷荇一開始也沒這麼淡定，只是處久了，就覺得看起來寒些，不愛講話罷了。婚假七天，三郎給足了她面子，都待在她房裡。別說馮家透著古怪，但凡一個女人直不直得起腰，還是看男人給不給撐腰。

明明不喜歡，但三郎還是讓她免了沉塘，更意外的給她撐腰。投桃報李，誰待她好了，她就待人好。至於將來的不好，將來再說。

現在三郎待她不錯，她就樂意盡個娘子的責任。

吃了幾口，三郎意外的有點表情，「這不是大廚房的飯菜。」

芷荇笑笑，「妾身廚藝不精，勝在暖口，三爺且進些，明日有了廚娘……」

三郎點點頭，卻比平常多吃了一碗飯，小半鍋湯。

食畢撤下，她跟三郎提了今天攆了徐嬤嬤的事情，他也不說話，只是用冷冰冰的眼珠專注的看芷荇。

「院子妳作主。」說了半天，就得他一句話。

「那……棺材呢？」

三郎將眼神挪開，「就擱著。」

等了一會兒，三郎再沒話了，只盯著虛空發呆，像是一縷幽魂。

芷荇也取過針線籃，繼續做女紅。

其實當官隨身的零碎很多，荷包、帕子、穗子有的沒的一堆。結果她收著，針線雖好，幾乎都是陳舊的。三郎看起來萬事不關心，事實上卻很挑剔。公中不是沒有發下份例，看似光鮮其實粗糙，他也就一直使著陳舊的繡品。

沒打理他的衣服不曉得，真混得比尋常光棍不如。連單衣都有綻縫脫線的，官袍袖子都毛邊了，也沒人給他縫補。

冷不防的，三郎突然開口，「我想死。」

突然狂風呼號，燭火還猛然晃了晃，將三郎漂亮而死寂的面孔照得恍恍惚惚。芷荇背脊一陣發涼。

這未免太應景。

按了按狂跳得太猛的胸口，她強自鎮定下來，低頭有點心痛，剛她戳到手指了，縫補好的單衣染了一點血跡，白費了工，不知道洗不洗得掉啊這……

「誰不會死呢？早或晚而已。」她沒好氣的回，下炕去補救了。

待她走了，三郎默默的撿著她針線籃的東西看。都是做給我的？為什麼？她到底是知道還是不知道？

知道如何？不知道又如何？反正……都無所謂。

他如往常一樣沉浸在書裡，將自己帶得遠遠的，遠遠的。直到芷荇把他喚醒，默默的去洗漱，默默的面牆側躺，但他是那麼淺眠，一點風聲就把他驚醒。

睡不暖。

娘子的睡相一直都很好，平躺穩睡，雙手交握在胸，連翻身都很少。後背挨著她的手臂，就覺得暖多了，可以放心睡去。

如果可以一直這樣睡下去就好了。再也不要醒過來。

當了那麼多年的家，芷荇習慣早早就醒了。

只是有些無言，生生被擠了一尺，再擠就要到床下了。三郎又搶了她的半個枕頭，後背緊緊貼著她，面著牆蜷成一團。

這到底是討厭，還是不討厭呢？芷荇糾結了。

若論管家，她從能走路就在母親身邊隨從理事，之後又扶持著小繼母，她也敢講自己不說頂尖，也是把好手了。武藝也還足以在內宅裡防身，醫術也勉強，琴棋書畫雖然只能說摸得著邊，但女紅廚藝是絕對有自信的。

虧就虧在她太忙，才子佳人的話本子看得呵欠連連，覺得非常無聊，早早扔書。以至於現在到底是不是討了夫君厭憎都琢磨不出。

輕手輕腳的下了床，端詳著三郎，卻覺得有點可憐。大約是睡熟了，那種鬼氣森森也就沒了。大概是怕冷，大半個臉埋在棉被裡，只有一把青絲拖在枕外。

她心底嘆口氣，小心的掖緊了被，摸摸露在被外的額頭還是暖的，她才安心穿衣出門細聲吩咐熱水。

芷荇不知道的是，她一起身，淺眠的三郎就醒了。只是閉著眼睛，默默的容她掖被，默默的容她摸額頭。然後又默默的，擁被坐起。

把匆匆漱洗，草草挽起頭髮的芷荇嚇得差點跳起來，一點聲響也沒有。任何人看到在昏暗未明的隆冬清晨，披頭散髮、雙目無神，只著白單衣的麗人，不受驚嚇者幾希也。

但他就這麼坐著，也不講話，也不動。

現在是……怎樣？但是這凍破皮的天，穿得這麼單薄也不是個事呀！是不是還睏著，但想去解決三急之類的？芷荇想了想，拿了外裳想給他披上，他卻自動自發的穿了袖子……然後又不動了。

芷荇的眼角微微抽了抽，平靜的一件件服侍三爺穿上，連鞋襪都是她給穿的，過程三郎一個字都沒吭。

芷荇內心都淚流了。三爺唷，您吭聲會死嗎？以前您不都自給自足，起來就自己穿衣穿鞋？說您冷得不想動，直說就行了。娘子服侍夫君天經地義，您也不至於一大清早嚇人兼考驗智商吧？

等芷荇服侍他漱洗、梳髮綰髻，穿好官服，他才說了兩個字：「餓了。」

……這是考驗對吧？對吧對吧？她這麼早起床就是想去做個早飯……如意嫂子還沒來啊！結果耽擱時間在屋裡當三爺的丫鬟，現在喊餓，我怎麼來得及……

但她哪是容易難倒的。

吉祥如意瞪大了眼睛，只是不敢出聲。雖說天寒地凍，隔夜飯也不會餿了，但姑娘怎麼就拿隔夜飯直接熬起粥來……這還不算，昨晚的剩菜就挑挑揀揀入粥了……

奇怪的是，怎麼會這麼香，香得她們倆連連嚥口水。

盛起一鍋，芷荇心底發愁。怎麼還有剩，這不能讓人看破手腳啊……看兩個丫頭在旁，她小聲的說，「剩下的……妳們趕緊處理了。」

她的意思是趕緊倒餿水桶，讓人抓到她給三郎吃剩菜剩飯，不知道又要有什麼話兒。這兩個丫頭倒是很故意的誤解，全處理到自己的胃裡，對她們家姑娘的手藝又有了深不可測的敬意。

連向來挑剔的三郎都吃了兩碗才停手。他深思的看著緩緩喝粥的娘子，越發不解。之前他對飲食都很寡淡，什麼珍饈到他口中只是為了維生。可娘子給他做的飯菜，他卻覺得有滋有味。

皇上怎麼給他挑親事的，他很明白，甚至在場觀看。就是把京城裡五品官以下適齡的官家小姐作籤，胡亂捽兩下籤筒，捽得最遠的那家就是了。

雷霆雨露，皆是君恩。沒有他不樂意的餘地。再說，他也不覺得有什麼值得執著的。至於嫁進來的新婦……不樂意是必然的。遠著些就罷了，也別壞了人家清白。

皇上就是興頭上，沒多久就忘了。到時候新婦想改嫁什麼的，皇上搞不好還想不起來誰是誰。

但他不懂這個小娘子。連滴眼淚都沒掉，還敢跟他講不想沉塘。本來以為她是有什麼苦衷……一時憐憫，想幫著遮掩，結果還是落了紅，有什麼需要遮掩的？

明明冷著她，她又事事為他打算，衣食住行無不熨貼，這又是為什麼？

原本以為她這樣討好是為了家裡父兄求官求爵，可皇上卻當個大笑話跟他講，這姑娘是個烈性的，未出嫁就夥同舅家和父親鬧翻，要他回門的時候皮繃緊點。

烈性？

他上下打量芷荇，讓她雞皮疙瘩一顆顆冒出來。還真看不出來……也就論泰山之重時，隱隱露出一點血性吧。

可惜了。嫁給他這麼一個人。

若是嫁給別人，該是多宜室宜家的妻母。

總比嫁給他這個只欠一死的人好多了。

看她踮著腳幫著上披風，還想送他出門……三郎還是攔了。十八歲的大姑娘了，身量還沒十五、六歲的小姑娘高，風霜雨露的，哪裡受得起。

看三郎走遠，芷荇表面平靜，內心卻是淚流滿面。三爺啊，您有話就說啊！不要只是用冷冰冰的眼珠子瞪著人看……看得我胃裡的粥都結塊了，忒不消化啊！

三爺到底是不是討厭我呢？芷荇陷入了很深的糾結和反省中。

若不論那些遲疑和糾結，其實芷荇不覺得自己嫁得差。

雖然馮家透著古怪，但有婆母好似沒婆母，也少了妯娌間的壓軋，反而輕鬆簡單了。夫君雖然寡言又有點兒驚悚，但相較她老爹的喋喋不休和貪婪好色，她也覺得這樣的夫君起碼是安靜得體，很顧念她的面子，整個院子問也不問就交給她。

同樣是好皮相，老爹看起來就是酒色過度的猥瑣，她夫君起碼是漂亮的活死人。猥瑣和活死人，活死人勝出。

她也實在看不出來，馮家到底是怎麼想的。這活死人墓……對不住，修身苑雖然是馮家大宅最偏遠的院子，卻也是僅次於正房慈禧堂的大。

據說是馮家太祖爺爺年老時靜修處……怎麼會讓個么子佔了這個院子。

真要不看重嘛……偏遠小院盡有，怎麼輪得到三郎。要說看重嘛……馮家上下敬而遠之兼厭惡之情，她這嫁過來不到一個月的新婦都感覺得到，她院子裡的奴僕死氣活樣的，有機會就想走人。

讓她納悶的是，馮家是京城大族，祠堂祭田就在城郊，族人無數。老太太和老太爺過世後已經分家，長房的確得了祖屋……但居然不是馮家族長。

這太怪異了。她的公爹早已致仕，好歹是二品大員告老的吧？嫡長房家長卻沒成為族長，反而是二房襲了，一整個莫名其妙。

但新婦入門問東問西，太顯輕浮。所以她按捺住內心的疑問，心平氣和的整理嫁妝打理家務。

光憑她那活死人似的夫君沒用通房和妾室塞滿院子給她添加管理上的麻煩，她就很願意待這個讓人摸不著頭緒的夫君好一點。

想想懂事以來都身處兵荒馬亂中，出嫁能安閒一天算一天。

這麼個院子，打理起來也不夠她一根手指頭一辦，所以她閒得能夠在靜室拾起武藝，和天啞廚娘蕙嫂子琢磨點吃喝，與吉祥、如意一起商量著裁剪三郎的四季衣裳，日子倒是平生難得的安逸。

只是年越發近了，三郎還是天天上朝。大燕朝規矩臘月二十二封關過年了，他還是天天往宮裡去。

她問過一次，三郎照例沉默半晌，才說，「皇上勤於政事。」

……她倒是聽說過許多皇帝的荒唐事，卻沒聽說過什麼勤於政事。奇怪有這麼個鬥雞走馬的皇帝，大燕朝居然穩如泰山……只能說皇室列祖列宗真是有保佑。

這日，婆母喚她身邊人去傳話，她派了吉祥去，結果回來這個鬼靈精居然死死咬著下唇，難得不淡定的回來，看著芷荇欲言又止。

太不對勁兒了。

「咱們打掃三爺的升官房去。」芷荇淡淡的說，帶著吉祥如意往擱著棺材房的屋子走。

這兒人人嫌晦氣，不怕人聽牆角。

這時候吉祥眼圈一紅，「姑娘……太太要您在家主持祭祖。」

……這沒頭沒腦的算啥呀？若說老家在千山萬水之外，在家祭祖無可厚非。但祠堂就在城郊，搭個馬車兩刻鐘就到了。她打聽過規矩，祭祖是在祠堂祭的，而且她剛過門，也該趁機敬告馮家祖宗，將她列族譜才對。

再說，祭祖這般大事，怎麼會落到她這么兒媳婦頭上？

「別拐彎兒，妳知道姑娘我最恨猜謎。」芷荇皺眉，「說重點！」

還別說，一聽她就矇了。表面上是主持祭祖，事實上是要她除夕夜就跟三郎一起跪著守夜到初一。

「打聽到什麼？」她會派吉祥去，就是她鬼靈精怪，總能用最安全的方法打聽到最完整的消息。

吉祥硬著頭皮，推門推窗左右看看，才把門窗都關好，湊著她們姑娘小聲道，「……我是偷聽到二奶奶發脾氣說的，說咱們三爺十二歲時放火燒了祠堂……還把自己的丫頭關在裡頭一起燒死了……結果累了整個長房……」非常俐落的摀住如意的嘴，省得她尖叫出聲。

芷荇的臉孔也白了。

燒祠堂，這可是十惡不赦到極點的行為。於國就是謀反，於家被打死官府也不究的，可謂大逆。

當中還牽涉到一個丫鬟……讓人往不好的地方想。

但總有點不對勁的地方。

「二奶奶嚷了這話，然後呢？」芷荇擰了抹布，擦拭著棺材問。

這下吉祥真服了。她聽到的時候慌張得不得了，雖是個小丫頭，但畢竟出身在鬧騰騰的官家。許老爺是個嘴上沒帶把門的，在家裡老扯著嗓子喊，不想聽也聽爛了。

連文字稍微出格都會被參到丟官，這樣大逆不道的事情還不被參到丟腦袋？姑娘居然能這麼平心靜氣的問。

「我聽到拍桌聲，二爺罵罵咧咧的，太太和老爺也喝斥二奶奶。」

芷荇點了點頭，繼續擦拭棺材。「裡頭很有貓膩啊。」

如意整個崇拜的看姑娘。咱們這個四姑娘管家多年，說聲芷青天也不為過。家裡大大小小的事兒，完全斷案如神啊！姑娘說有貓膩，鐵定咱們三爺是蒙冤清白的。

「愣什麼？去把靈桌擦擦。」芷荇沒好氣的拍拍如意的腦袋。

吉祥信心是沒那麼足，不過也把快跳出來的心擺在胸口。瞧瞧姑娘擦著棺材面不改色，看著就讓人心安。

深思之後，芷荇開口，「除夕妳們就回去過年，吃個團圓飯。吉祥，我記得妳家四哥在飯館當小二，如意妳那二哥好像在三教九流混著。馮家的事一定有什麼流言……不拘真偽，都來與我說。蕙嫂子就留給我了……初一晚記得回來，初二我還得回門。」

這兩個丫頭一整個興奮了，沒想到還有當神捕的一天啊！就說跟著四姑娘走，日子絕對是有意思的！

芷荇心裡暗歎，蜀中無大將，廖化當先鋒啊。只能將就著使這兩個丫頭去打探消息……人才真真難尋。

其實直接問三郎才是最佳解答。可想想他那三錐子扎不出一聲的活死人樣……她還是決定自力救濟了。

但若把芷荇想成那種背地裡暗著來的人就錯了。

兵法一道，正奇相輔。治大國如烹小鮮，治家卻不比行軍少那一絲半點的艱險。凡事還是得站在堂堂正正的禮與理，圖謀得長久，陰私詭譎只是一時的，而且越補越大洞，後患無窮。

儘管知道三郎扎不出聲，她還是在食畢沐罷，在暖閣時，正色說了聽了些什麼，和打算做些什麼。

結果三郎只是用幽黑的眼珠定定的看她，然後轉到書上，果然一言不發。

反正已經善盡告知義務，她也低頭做女紅。三郎總是凍得手腳發青的回來，大約是披風太單薄。在皇帝面前，官服不好違制，但連件暖些的披風都穿不上也太慘。徐嬤嬤那些「積蓄」倒是讓她少有的大手大腳，買了上好的狐皮鑲裡。

只是三郎衣物瑣碎缺得太多，要補全也不是那麼容易。

「妳查就是。」冷不防的，三郎突然開口，那聲音實在太飄，害她又差點戳了指頭。

……三爺你就不能爽爽快快當面告訴我嗎?!為啥要我查？咱連誥命都沒掙上呢……這年頭又不興女青天！

坦白說，她脾氣並不是太好，只是被教得很嚴，也很有自覺太暴躁，時時警惕。只是現在差點克制不住翻桌的衝動。

上床睡覺的時候，當然情緒不是很好。不過她這個夫君真不能用常理視之，突然翻身壓著她，撐著兩肘，幽冷漆黑的眼珠在朦朧幽暗的燭光下，隱隱生輝……莫名的讓人想起鬼火。

而且正常人不會這樣直盯著人眼睛看吧？更何況是這樣張著眼睛逼過來吻自己娘

子……？

……他跟皇帝的曖昧，果然只是流言而已。依樣畫葫蘆總會的吧？她就不信接吻是用咬的，這咬咬那咬咬，還得偏頭思索下一步該怎麼辦。

這次倒沒過門不入，開始時也沒疼得那麼厲害……後面就膽寒了。

一曰「蹂躪」，二曰「摧殘」，大概就能總結這次被冥婚的感想。

眼淚汪汪之餘，她是很想把這個粗魯不曉事的二愣子踹下床，結果這個看似弱不經風的七品文官，意外的孔武有力，再次讓她悲歎沒把武藝精進的嚴重後果。

終於折騰夠了，三郎拉她坐起，猛然一個熊抱，讓她悶哼一聲。若不是她自己會醫，都以為自己肋骨斷了幾根。

她還來不及有任何反應，三郎已經鬆開她，面著牆躺下，又蜷成一團。

……此時她真想學貓撓板，若有個寸許厚的木板，鐵定被她撓穿。

三爺您能不能開開金口？小的寧願您坐而言不要起莫名其妙的行啊！

但她實在太累了，閉目就昏睡過去。迷迷糊糊的，還有人在她臉上摸來摸去，她睏得睜不開眼睛，乾脆翻身抱住，果然安分下來，讓她安心睡去。

第二天，她全身發疼，精神萎靡，三郎卻沒事人似的一早就把自己打理好，像是啥事也沒發生。相對吃飯，依舊漠然斯文，連出門不讓送的台詞都一模一樣。

吉祥和如意瞠目看著她們家姑娘鐵青著臉，光用指頭，硬生生把門柱刨下一長條薄片兒，就是木匠用刨刀也沒那麼整齊均勻。

「出去散散心，不用跟。」她扔了話，就走出去。

修身苑別的沒有，樹木甚多。讓她撓了個痛快才消氣。鐵爪功學得這麼好有屁用？她又不能拿這招去撓她夫君的腦袋，撓了也不知道他在想啥！還不如把擒拿手學好些……偏偏她就學得最平常！

氣消了她暗自懊悔，又沒什麼事為什麼這麼暴躁……瞧瞧她娘親，半生纏綿病榻還是泰山崩於前不改其色，鐵錚錚的傅氏嫡傳。

反觀自己……還是這麼毛毛躁躁的不成氣候……歷代傅氏的臉都讓她給丟了。

她這廂自愧自省，事實上也很難全怪芷荇。在這麼個上到老爹姨娘庶姊妹，下到一票上樑不正下樑歪奴僕的家庭，來個聖人也發瘋。

有時候，爆脾氣也是被環境激出來的。

只是她自己也納悶，為什麼會突然爆發。饒是聰明智慧，她依舊還年少，沒想到「越上心越求全」的真理。

直到除夕，她才模模糊糊的有點知覺。

一家子熱熱鬧鬧的去了祠堂祭祖守歲，慈禧堂空空盪盪的。冷冷清清的擺了供，她和三郎並肩跪著，從亥時末跪到子時終。外面熱鬧的鞭炮聲，顯得慈禧堂格外寂寥。

三郎以前……都是這樣跪？一個人跪？

莫名的，芷荇有點心酸。

「子時過了，是年了。」三郎突然開口，然後將她拉起來。

正在打盹的婆子驚醒，瞪大眼睛。這錐子扎不出聲音的三爺不都跪到天亮？怎麼自己站起來了？

「三爺……」她出聲阻止，可三爺原本就缺乏生氣的臉孔，突然陰了，整個空空盪盪的慈禧堂，也跟著陰了。

婆子腿一軟，使勁兒憋住……差點就出醜了。被嚇尿了褲子可會被笑一世人的。

三郎一言不發，緊緊牽著芷荇的手，沉默的往前行。

雪停了，卻比下雪時更冷。黯淡只剩幾點星光的夜空，軟弱無力的映著牆外的歡聲笑語。

但三郎的手心很暖，非常暖。讓他牽著走，很安心。

她有點兒知道為什麼突然暴躁了。

算了。就算是這麼一路讓他牽到陰曹地府……也罷。

初一夜，吉祥、如意回來磕頭時，三郎漠然的點點頭，就出暖閣了。

這兩丫頭還莫名其妙兼膽顫，沒想到真正的驚雷在後面。她們姑娘為啥能用那麼淡定的口吻說了啥也沒瞞姑爺。

這不就坐實了她們倆就是那啥嚼舌根的三姑六婆嗎？專門人後編派不是的！

兩丫頭內心淚流滿面，壓力起碼有三座山大。眼前是煞氣的姑娘，背後是恐怖的姑爺，這年頭怎麼當個丫頭都這麼難？

「我的性子妳們是知道的，有啥說啥。」芷荇涼涼的拋了話。

那啥……縣官不如現管。現管的還是煞氣到能刨門柱的姑娘。姑爺對不住您了，有啥咱們也只能說啥了。

還真沒想到，馮家這檔事都發生十年了，居然還令人津津樂道記憶猶新。畢竟是京城望族啊，有點啥就讓人嚼舌根，更何況是這麼戲劇化的大事兒。

話說從頭，當初祠堂就圈在馮家祖傳大宅裡的。年年族裡祭祖守歲，都是族裡輩分高身分足的老爺夫人一起熱鬧。那天祭祖也跟往常一樣，然後就被請到慈禧堂那進大院開宴守歲。

結果幾個爺在祠堂附近的賞雪閣吟詩作對，卻看到祠堂亮得不像話，過去瞧瞧。一看之下，卻見三郎正在上鎖，發聲詢問，他卻逃了。接著就冒出火苗，祠堂起火了。

那亂啊，真是別提了。這祠堂是一族的根本啊，列祖列宗的牌位啊！更不要提祠堂的匾額還是先皇親筆御賜的。大老爺們不管是老是少，都跟奴僕一起搶水桶滅火了，可祠堂本來就是木造的，裡頭香燭油火甚多，勉強救下了御賜匾額，其他都燒光了，裡頭還有個屍體……點起花名冊查，只少了三郎的丫頭。

這可是大逆不道的罪行，當下馮大老爺立刻大義滅親，把三郎綁了來。但他死不認錯，一直到動刑了還是不肯反口。馮大老爺立刻依家規杖一百，堵起嘴來杖到二十，三郎就昏死過去了。

誰知道這個時候峰迴路轉，馮大老爺的一個馮姨娘衝出來求情，聲淚俱下，說老爺子嗣無多，身為庶母她願領剩下責罰，只求給夫主嫡兒留下一命。

這馮姨娘是馮家旁系遠親，到底還是馮家人。這仗義倒是讓這樁醜聞抹得好看點兒。真真的受了八十杖，雖然沒死，但也打癱了。也是這姨娘出了頭兒，保住了三郎的命，長房只丟了族長榮銜、破些錢財在京郊重建祠堂，長房有義婦的名聲，還是沒讓長房太難看。

芷荇聽著，沉吟片刻，「那馮姨娘呢？」

吉祥壓低聲音說，「這倒是聽我哥說的。三爺春初中了探花，秋末就去了。皇上不知道怎麼想的，越過了太太，直接封了馮姨娘宜人，還讓葬祖墳了。那時可鬧著……」

芷荇嘆了口氣，又問了一些她們覺得不太要緊的事，有的打聽到，有的沒打聽到，只見姑娘眉頭越發深鎖。

她們三爺，該不會就是這麼個……

「三爺受委屈了。」芷荇淡淡的說，「這事不用再問。」

吉祥和如意面面相覷，芷荇卻只吩咐她們下去歇著，就敲著炕桌深思。

她父親幹得上這個刑部員外郎，可以說完全是她娘親的功勞。若不是她娘親幫著破了幾個案子，她那爹還是九品芝麻官，跟小吏沒兩樣。是她娘親灰了心，把她爹降格到只剩下撒種的地位，不然撈個刑部尚書也不是不可能的。

這部分，她就真的很像娘親了。

出事那年，二郎中了京畿秀才，三郎整天只愛耍刀弄棍，自然榜上無名。在這一年之前，二郎和三郎相像得不得了，只有親近的人才分得出來。

若是沒被發現，那就罷了。但事已如此，兩個一定要捨一個，自然是保住有功名的那一個。

在家族利益之前，親情什麼的，也就天邊浮雲。

大概沒想到，被捨的那一個，居然性情大變，過關斬將的直上探花，還是皇帝近臣。保住的這一個，勉強掛住了舉人的尾巴，至今平庸碌碌。

她出了暖閣，原想轉臥室……腳步一頓，過迴廊，往書房走。果不其然，一燈如豆，連個火盆也沒有，在寒風侵骨的書房，三郎望著書，視線卻透了過去。

生無可戀，又求死不得。

她對這樣的感覺有種心酸的熟悉。母親剛過世的時候，她真想跟著母親一起去。反正想起來都沒有什麼高興的事情，只有說不出口，沁骨的疲累。

「莫欺少年窮。」她的語氣有些淒然。反正他們過得也沒你好，何必自苦。

意外的，三郎死寂的臉孔居然有了表情，卻是更讓人心酸的譏諷和無奈，「欺了又怎麼樣？」

是啊，又能怎麼樣？翻案又如何？得了清白，但長房就徹底毀了。

芷荇上前，握住他如寒冰一樣的手。三郎黝暗的瞳孔掠過一絲迷惑。

她知不知道自己在幹什麼？他要永遠背負這個不屬於自己的罪孽，壓得永遠透不過氣。他不可能有什麼前程……不管皇上怎麼挺他也沒用。

他額頭上早就烙了奸佞大逆的罪，御史參他的奏摺他都會背了。

她信我？還是假裝相信？但兩者都沒有什麼差別。若是個聰明的就該遠著點。

「……過些時候，皇上就忘了。」他的瞳孔一點一點的暗下去，「初嫁從父，再嫁由己……」

他瞠目看著嬌弱溫柔的娘子，鐵青著臉，在他書案上刨了一道薄木片兒下來，非常整齊均勻。

一片安靜，甚至肅殺。

但芷荇肩一頹，「馮三郎，你坦白說，是不是討厭我？我不會讓你難做……」已經泫然欲泣。

討厭？怎麼會？若不是……怎麼會在她丫頭帶回來苦澀往事的消息前，想留一點溫暖的記憶？

就算她厲害到能硬生生的刨黃楊書案，他也只是吃了一驚。

「討厭什麼的……絕對沒有。」他擠了半天，也就只能擠出冷漠平板的一句。

「那就是嚇到了？」芷荇哭了起來，「我是脾氣不好，但我也不會……」

三郎起身吻了她。那唇……真是冷。好像被屍體親了，害她忘記要哭。

但活人似乎還更可怕點兒。

燭火一晃，眉目如畫的三郎看起來更陰森淒涼，但他默默的牽起芷荇的手時，她卻覺得，他的手再怎麼沒溫度，自己的胸口還是很暖。

好多針眼。三郎輕輕摩挲她的手指。刨木片兒那麼俐落，但為他做女紅做到這麼多針眼兒。

這還是第一次，芷荇看到三郎對她微笑。

真是美極了……如果燭火不要晃得那麼厲害，狂風大作的話，她也不會往什麼怪談想去。

初二回娘家兼回門，毫不意外的鬧騰。

讓她真正意外的是，在家裡總是陰風慘慘的三郎，在外面就多了幾分活氣。騎在馬上英挺異常，如描如畫的臉孔滿是肅穆，看起來很難親近，但起碼不會把人嚇跑。

待在馮家對他真的沒什麼好。芷荇默默想著。

但是……也沒有任何正當理由讓他離開馮家。父母在不分家，孝這個字壓下來如千斤之重。他已經走上仕途，是皇帝近臣，身在京城，更沒有理由別居。是困局也。

她臨出門時已經跟三郎提過娘家大約會有怎樣的鬧笑話，三郎只是默默點頭。倒沒想到他能應對得那麼好……想來也是，身為皇帝近臣這麼多年，如果一直都是那活死人樣，幾錐子扎不出聲音，早就塌台了。

他淡然而頗有分寸的與諂媚如哈巴狗的岳父應對，也閒然的應付姊夫們的明嘲暗諷，還行有餘力的噎回去，讓她放心了些，和小繼母說了會兒私房話。

嫁出去最不放心的不是和她有血緣的父親姊妹，反而是這個心腸太軟，大她沒多少的小繼母。

小繼母是有些疲憊，但還不到心力交瘁的地步。可看到幼弟，那些疲憊也消失了，一副有子萬事足的樣子。

「別儘掛念我，這院子我還是最年輕樣貌最好的……」小繼母自嘲，「你爹還希罕著呢。再說我給他生了兒子。要說哭，我總比那些老姨娘哭起來好看些，底氣更足。」

這家子是亂，但亂中有序。這繼女是個大度的，進門讓她扶持著學著玩心眼理家，她又不是扶不起的阿斗，不敢說學全，倒也還有個模樣。

「倒是妳……怎麼樣？」小繼母扯著芷荇擔憂起來，「姑爺看起來是個冷人……妳可……可還好？」

冷人？三郎在外溫度可高到破表了……跟在家裡比起來。

「三爺看著冷，待我是極好的。」芷荇含蓄的說。

小繼母點了點頭，欲言又止，拉著她的手，又不知道要說什麼。皇上和馮三郎的曖昧風流人盡皆知，四姑娘能有什麼好的？這簡直是進門守活寡去了。她想安慰又不知道從何安慰起，紅著眼圈兒，只強忍著。

芷荇也很難解釋。她對小繼母的尊敬是禮法上，心底反而憐憫居多。這個雞飛狗跳的家就夠小繼母頭疼了，何必拿更複雜的夫家給她煩心。

所以她巧妙的轉了話題，殷殷囑咐別把幼弟慣壞了，特別防著她那個糊塗爹，畢竟幼弟才是小繼母唯一的倚靠。

小繼母頻頻拭淚，乖乖的點頭。

有的時候芷荇有種錯覺，她才是長輩，小繼母是聽話的小女孩子。她還有母族舅舅幫著鬧一鬧，小繼母只是富戶庶女，身分差一大截，哪敢出個聲氣？

「真有什麼事，太太不要客氣，差人來遞話給我。」芷荇鄭重叮嚀，「再怎麼說，我只有這麼個弟弟。將來我還得倚仗他大了給我撐腰，不然我娘家就沒人了。」

小繼母淚如雨下，扯著她嗚咽。

原本想勸，芷荇還是任她哭了，也不去跟她講什麼新年裡不吉利。還有什麼比嫁給她老爹當填房更不吉利？不差這點兒了。

再說，不朝她哭，叫小繼母跟誰哭去？讓她鬆散些也好，悶出點毛病就不好了。

用過午膳，他們就走了。畢竟她老爹的臉色太難看，可見所求未遂——她早料到會有這招了。芷荇嫁誰他才不在乎，能讓他升官就行了。有個皇帝近臣的女婿，理所當然能得償所願才是……誰知道不軟不硬的碰了無數釘子。

芷荇也不耐煩和那些姨娘庶姊妹脣槍舌戰……也就他爹這極品智障會沒腦袋到讓姨娘上桌，全無禮法，萬年不升官真是一點都不虧。

出了許家沒多久，三郎趨馬過來，隔著車簾遲疑著，「娘子，能跟我去祭姨娘麼？」

車簾一掀，芷荇滿臉古怪的瞅著他。三郎卻別開眼，雪白的頸子和玉顏在陽光下也還有種滄桑的淒涼，「……今日是姨娘冥誕。」

忌日不能光明正大的祭拜，也就只能挑這個日子嗎？

想了一下，芷荇很乾脆，「好。」

馮家祖墳就在京郊，也並不很遠。只是佔了個小山頭，她倒是把吉祥、如意和下人留在山腳下了，只和三郎並肩上山。

山路有點陡，三郎卻默默的牽住她的手，另一隻手提著謝籃。

大過年的，也不會有人刻意來觸自己霉頭，所以路上沒有半個行人。

馮姨娘的墳不大，卻打理得很乾淨。可見是有人常常來整理。三郎上了香燭，拉著芷荇跪下，「姨娘、嬤嬤，三郎娶親了，帶新婦來拜見。」

芷荇隨著三郎恭恭敬敬的磕了三個頭，這才一張張慢慢的燒了紙錢。

原本有點生氣的瞳孔，又一點一點的暗下去。

「對不住。」他輕聲說。大過年的，卻沒跟娘子先打聲招呼。

「這是應該的，有什麼對不住？」芷荇倒是泰然自若。如果三郎不把救他一命的恩人當回事兒，涼薄勢利，她才是想哭的那一個。

化了一張紙，三郎黯淡苦澀的說，「姨娘……本意不是想救我。她想死……但又怕牽累家人。所以……趁機攬了事兒。」望著火光，他又化了一張，「但她終究救了我。」

馮姨娘是同宗，論輩分是馮大老爺的遠房堂妹。但她們家是莊戶人家，不是很富裕，但豐衣足食，她的性子有點暴躁潑辣，但在莊戶人家眼中，這是掌得起家的媳婦兒，並不是什麼壞事。

原本她很可能就嫁給一個農夫，然後生兒育女，可能跟家裡漢子吵架時會舉起擀麵棍，兒女不聽話拿起掃把就抽，但也是潑辣爽利的一輩子。

但是她被當時還是族長、身兼二品大員的馮大老爺看上了。她老爹不糊塗，婉拒了。可當天她們的水渠就被斷了。

白丁的莊戶人家，怎麼扛得住二品大官的族長？

於是那個俏麗潑辣的小姑娘，這就麼被青布小轎的抬進馮府，成了馮姨娘。

「我傷好了，想盡辦法去偷偷見了癱了的姨娘。」他的聲音很淡，淡得虛無，「但姨娘潑了我一臉茶水，讓嬤嬤把我趕出去。說她恨透了馮家所有人，特別不想看到我。」

「……姨娘是在維護你。」芷荇感傷起來，「名為庶母，事實上她就是你父親的妾室，你那時也已經不是小孩子……」

「妳比我聰明多了。」三郎笑了一下，但除了孤寂，還是孤寂。「那時我不懂，懂的時候……」聲音越發縹緲，「來不及了……」

其實他還真的想不起來馮姨娘長什麼樣子。只記得她豎起眉來的潑辣。只有她跟前的陳嬤嬤偶爾會來看他，偷偷送吃食衣物，也沒有好聲氣。

那時他被鎖起來看管，陳嬤嬤來罵他害了他家姑娘，為他們姑娘不值，救了個連秀才都考不上的紈褲。

考上秀才，陳嬤嬤還是罵他沒什麼了不起，有本事就去考個舉人。考到了舉人，陳嬤嬤還是罵他，然後他中了探花，被點了知事郎。

秋末姨娘過世那日，陳嬤嬤來找他，給了他一個匣子，第一次對他溫和的笑，摸了摸他的頭，回去就撞柱殉主了。

那個匣子，滿滿的，滿滿的都是荷包帕子扇套劍穗等等瑣碎。一針一線都是往好兆頭走。

那七年。他一直覺得自己是慢慢的，慢慢的被掐死。誰也不關心他，只有厭惡，只有冤屈。

但是這個匣子……這些針線。

那一刻，他覺得自己才真的斷氣了。

「所以那一位……要我做什麼都可以。」淒涼的寒風捲起，夾著一點雪霧，讓眼神黯淡如死的三郎看起來更哀頹淒豔，不似世間人，「他肯給姨娘死後哀榮，我什麼都無所謂。」

這還是跟他成親以來，三郎說話說最多的一次。芷荇感慨，總算是把她當內人看，願意交心了。心底真是絲絲的疼，這苦難的三郎，可憐的。

……只是為啥交心是在墳山啊?!黃昏的墳山比烏漆抹黑的時候恐怖啊喂！

她收拾著謝籃，沒好氣的牽住三郎的手，「那也不代表可以任那一位耍你，拿些根本沒有的事情，把你的名聲抹得更黑。」

三郎僵住了。

芷荇拉著他走，心底暗暗咒罵。太祖奶奶說得沒錯，慕容家專出狼心狗肺，沒一個好東西。

越接近馮府，和芷荇同乘馬車的三郎，眼中的生氣一點一滴的消失，話越來越少，情緒也慢慢的低落下去。

等他們一行人進了馮家側門，他的內在又死絕了。

挺直著背，他走在前，芷荇隨在後。回門是大事，要回秉父母才是。但不知道是他們回來得太晚，還是有什麼其他緣故，丫頭進去稟報，他們卻連門都沒能進。只說老爺太太都乏了，在門外磕個頭便罷。

在雪地裡磕頭？

三郎默默的脫披風想給芷荇墊著，卻被她按住手，搶著跪下。三郎也默默的跟著跪下，在飄雪不斷的門首磕了三個頭。

虛虛的握著芷荇的手，沉默的返回修身苑。

芷荇留意著沿路的下人，無不退的遠遠的，低下頭。掩不住的輕蔑、害怕和厭惡，尤其是有幾分姿色的丫頭，恨不得把自己躲進牆根。

但這還不是最糟的。更糟的是，蕙嫂子眼淚汪汪的迎上來，對著如意比劃，又對芷荇磕頭。

如意差點也跟著哭出來，「……姑娘，大廚房不給份例……」

連飯都不給吃了？

「蕙嫂子，哪是妳的不是，別跪了。」芷荇笑笑，「丫頭嬤嬤的飯菜，大廚房給了嗎？」

蕙嫂子點了點頭，羞愧的縮了肩。

「妳快去吃飽了……如意和吉祥也去。」芷荇安慰著，「吃飽了才有力氣幹活兒。

這幾天雞鴨魚肉的，我也膩了。不如吃點簡單的……給我和三爺做兩碗麵疙瘩就好。」

進了暖閣，居然還是冷。他們一出門，管炭火的嬤嬤就當沒自己的事了。她喊了人，一撥一動，表情很為難，但也沒人出聲。

她還是先弄了暖爐讓三郎抱著，幫他換了被雪打溼的鞋襪，無視那些怠惰的奴僕，總之，動作再慢，還是得把炕燒好，把屋子弄暖了。

吉祥如意匆忙的端了兩碗清湯麵疙瘩進來，滴了幾滴香油，還有個蛋和一點點提味的蔥。看那些管炭火的還在慢吞吞的蹭，乾脆接手過來，怕凍著了姑爺和姑娘。

「花名冊在妳那兒吧？」三郎喝了口湯，幽幽的問。

「咱們院子的是在我那兒。」芷荇放下湯碗回答。

「該打該賣，這院子妳作主。」三郎的聲音更幽冷，還在磨磨蹭蹭的炭火嬤嬤動作突然快了起來，怎麼挑都挑不來的炭也火速送進來了。

三郎吃著麵疙瘩，很仔細，很慢。像是最後一頓，最後連湯都喝完。跟他成親這段時間雖然不長，芷荇已經知道三郎很不喜歡剩下食物，怕他吃撐了，都會仔細算剛好吃得完的量。

但他此時情緒史無前例的低落……已經覺得有鬼火在飄了。吉祥和如意來收炕桌，抖得湯碗磕磕響。

等只剩下他和芷荇，他才淡淡的開口，有些僵硬的，「娘，知道我今天去祭拜姨娘了。」

「……越過太太，姨娘先有了誥命，難免……有點情緒。」芷荇不好說婆母不是，再怎麼怨恨糾葛，誰也不想聽自己的親人被說長道短。

三郎微微彎起嘴角，充滿了冷漠的譏諷，「她推我去死沒死成，就這樣兒了。只要提一句姨娘……我沒飯吃，她去砸姨娘的屋子。」

他心裡的怨，比想像的還深。內心的傷痕，比她以為的還重。

三郎霍然站起，突然抓過芷荇打橫抱起，把她嚇了一大跳，「三爺?!」

他卻一言不發的抱著芷荇往臥室走，踹門之餘，還不耐的撕了擋路的門簾，將芷荇扔在錦被，沉重的壓在她身上，雙手撐在她的頭側，冷冰冰的眼珠直直的看著她的眼睛，像是試圖把她看穿過去。

芷荇想別開頭，卻被他強扭回來，終於火氣被激發出來，「三爺拜託你有話直說！

我又沒有他心通，我怎麼……」

三郎卻把她撐在胸膛的手抓著，放在自己的咽喉，他的手包著芷荇的手，越握越緊。

芷荇終於爆炸了。她俐落的從自己的髮上拔下金釵，抵著自己的一鼓一鼓的頸脈。

他慢慢的鬆了手，將芷荇的金釵拿下來，拋出帳外。癱軟下來，將臉埋在芷荇的頸窩。

「……笨蛋。」芷荇的怒火越來越高漲，「笨蛋笨蛋笨蛋笨蛋！你以為我會傷害你？你當我是什麼？我是你的妻！你今天沒看夠？你還以為我有娘家？我有退路？你懂不懂什麼叫做破釜沉舟？莫非探花郎不懂這個故典？……」

三郎吻了她，貼著脣一遍遍的輕聲說對不住，然後她嚐到鹹味。

皇帝近臣的知事郎，熱淚如傾，哭得像個孩子。

往事如潮。想起娘親的苦楚和心灰，沒有童年歡笑，難以稱為家的家。她的眼淚也漸漸浮上來，抱著三郎的背痛哭起來。

以前她都告訴自己要堅強，要讓娘放心，要頂得起傅氏嫡傳的傲骨，所以再怎麼難也沒掉過一滴淚。

她是沒有挨過棍子，但她明白三郎那種沁骨的心痛。至親剁下來的刀，比凌遲還淒慘百倍。

這次就比較不像冥婚了，最少三郎溫柔很多。雖然還是有點笨手笨腳的，力氣使得大了些，但總算離蹂躪有點距離了。

……只是次數有點多，時間有點長，她一整夜幾乎沒啥闔眼，都懷疑自己的腰會斷掉。

但天亮時，她朦朦朧朧的覺得三郎摟著她，結果她眼皮才睜開，立刻有人翻過身去面牆，把臉埋在被裡。

……到底誰才是新婦啊喂！

她起身坐了一會兒，有種殘花敗柳的枯萎感。但還是披了外裳去找套乾淨的單衣褻褲，在屏風後換了……然後對著一堆七零八落的布條發愁。怎麼跟吉祥如意這兩個未出閣的小丫頭解釋呢……？

埋在棉被裡的三郎清了清嗓子，咳嗽一聲。

她肩一頹，有些無奈的笑……或許還摻雜了一點寵溺。愛亂扔衣服吧？現在光溜溜的看你怎麼起床。

但她還是翻出整套行頭，服侍一大早就面帶霞暈的夫君穿衣。只是穿到外袍，他搖了搖頭，「我要進宮賀歲。」

……大年初三賀歲？

不過她也沒多問。反正慕容皇家就是群吃人不吐骨頭的豺狼。可憐的三郎，大過年的還得去被皇帝整。

早上還是沒有份例，但是她親點的人總不是笨的，雖說新春歇市禁屠，但從角門出去左鄰右舍想辦法買點應付早飯還是行的。

只是有點氣悶。她一夜春宵憔悴得像梅干菜，為什麼相對喝粥的三郎卻容光煥發精神奕奕？明明他才是使力氣的那一個。

……莫非，這就是誌異記上面說得啥採捕？她實在不想往怪談冥婚之類想去了。

三郎還是不讓送，只是台詞變了。他湊在芷荇耳邊，「仔細妳的腰……再睡會兒。」然後一笑而出。

這次吉祥和如意淡定多了……畢竟不是第一次看姑娘朝門柱刨木片兒。還是商量著年後找哪個漆匠妥當要緊。

但睡回籠覺的芷荇將近午時就被吵醒了。

那個皇帝不知道抽哪根筋，張揚的送了一桌酒席到修身苑，指名給知事郎夫人許氏，還不讓跪恩。

來送酒席的公公滿面笑容的對馮家老爺說，「聽說知事郎夫妻在家連口飯都吃不上，皇上聖口親言管飯。這可是天大的恩典，恭喜馮老爺子了。」

她那嚴肅又高傲的公爹，那臉色……比春天還瞬息萬變。

芷荇恭敬的朝皇宮福禮謝賞，要給公公偷塞些孝敬卻被堅決的推辭了。公公和藹的輕聲對她說，「馮夫人，這一日三餐的，知事郎大人俸祿無多，可別這麼糟蹋。」他聲音壓得更低，「讓皇上知道老奴向知事郎伸手，爪子不要了這是？」

公公的聲音雖低，但在一室寂靜中卻人人聽得分明。那神色……如煙花般燦爛，又白又紅又青又黃的。

芷荇死死揪著帕子，恭敬的送走了公公，然後順勢跟公爹婆母道乏，就「奉旨」回去吃飯了。

但她回去不是先坐到飯桌，而是奔進臥室，鑽進被子裡捶床狂笑，笑到泛淚花，笑到自己覺得不會失態了，才揉著肚子出來吃飯。

這麼一大桌酒席哪裡吃得完？但她剩下的都賞給吉祥如意和蕙嫂子，再有多的，吩咐兩丫頭去施捨給外面的乞兒，讓那些乞兒領些皇家恩典，還得了不少吉祥話和給皇帝歌功頌德的蓮花落……比給馮家人吃好得多。

可芷荇都做好了萬全的準備——她和三郎的護膝都縫好了——但明明氣得一佛出世、二佛升天的公婆，卻一句話也沒吭，連找他們去罵兩句都沒有。

這很不尋常。

三郎只噙著淡淡的笑，有一點兒諷刺，些許陰暗，和幾乎察覺不出的快意，讓她儘管放心。

「我不會讓妳跟著我吃莫名其妙的苦。安心受用就是。」

芷荇沒有繼續追問，男人有些事是不能說的……尤其關係到皇帝。她轉了話題，直言打算把修身苑的所有馮家僕都退給大管家，除了吉祥、如意和蕙嫂子，打算全換了。

三郎的笑意更深了一些，讓他原本的陰鬱消散許多。「院子的事本來就妳說了算。」

「還是得提一聲，不然突然一院子新面孔，爺也詫異不是？」芷荇也跟著笑，坦然說，「要補進來的人，是我繼外祖那兒找來的。商家僕從，比較不懂規矩，跟爺出門的時候，且多見諒，費心指點一下。但嘴一定是嚴的，手上也是有點功夫的。」

三郎深深看了她一眼，垂下眼簾。他這娘子，真是伶俐極了。他也沒提什麼，就知道隨從裡有生母安插的眼線，才會上個墳立刻知曉，讓他非常火大。

她呢，立刻連根拔起，一個馮家僕也不要，更沒有去再招其他官家奴僕，反而尋了和官家僕沒什麼瓜葛的商家僕來頂。

「妳能信……繼外祖？」他垂眸翻著書頁。

「不用信。」她也算當家多年，這點手段眼界還有，「商人逐利是該然的，算盤子兒撥得清。但京城這地界兒，想穩穩當當、安安分分的做生意，刑部員外郎實在不靠譜，皇帝近臣的繼孫婿還穩當些。」

「我不會插手。」三郎揚眼看她，有些挑釁，但也有活氣多了。

「不用呀。」芷荇眉眼一彎，「能讓繼外祖放心亮出關係就行。」

「明擺著的親戚關係，何必亮？」三郎垂首看書，卻沒注意到自己脣角彎了純粹的笑意。

這麼厲害的娘子，巾幗不讓鬚眉啊。一下子就能抓住要害，大刀闊斧的將所有釐清開來，誰也沒吃虧，人人都滿意。

其實她並非毫無退路，起碼還有母家舅舅們可靠。曾家雖在世家譜屬靠後的，端地是清貴一脈，書香世家，還有「御史必稱曾」的說法。御史院任職的，不是曾家人，就是曾家門生。

官位不見得高，但清貴。

而岳母那輩，曾家幾房加總起來，也就一個嫡女，淨生男孩兒，連個庶女都無。岳母十里紅妝，著實不是他們那一房全置辦的，幾乎是幾個苦得連姪女都疼入心的叔伯嬸娘爭著添妝才有的。

她本來可以跟母家舅舅開口。

這點她就掌握得很聰明、分寸拿捏得準。母家舅舅已經為她爭到母親的嫁妝，還沒有回報又再索討什麼幫助……這就顯得唐突、得寸進尺，惹人厭煩，胡亂折騰掉親戚情分。

再說，官家僕自成一系，往往聲氣相通。跟母家舅舅求來的曾家僕，誰知道又跟馮家僕有什麼拐彎抹角的親戚關係，給自己的小家添無數麻煩。

所以她才向娘家的繼外祖討買商家僕。規矩可能沒那麼足，但官家僕自覺高人一等，跟商家僕也沒有什麼瓜葛和來往。

驟進官家，總是會怯懦些，也容易調教，憑娘子的手段，死心塌地的認主絕非難事……不見吉祥、如意和蕙嫂子把她看得跟天一樣嗎？

而且是這樣的好時機……皇上管飯，那些人敢怒不敢言的時候。

趁著她專心繡扇套，三郎仔細端詳她。實在她不是什麼絕色……就一個字，「潤」。面嫩嬌小，觀之可親，頗類江南女子的溫柔氣韻……

但都是騙人的。

她本性可是燕地兒女，一團火似的，燥著呢。還能夠生生刨下黃楊木桌案……內家功夫可不俗。

真的真的，很想相信她。但他還有，相信的力氣……或勇氣嗎？會不會又再一次的……被慢慢的、慢慢的掐死？

我又做什麼了？轉著低瘦了的脖子，回眼看到三郎，芷荇差點跳起來。

明明沁著溫柔感傷的笑，眼神卻專注到駭人。這樣兒真比活死人可怕多了……死一半活一半的。

「爺？」她小心翼翼的問，看他眼神還直勾勾的，反而有點擔心，摸了摸他的額頭。不燙啊。

三郎把她的手拉下來握著。這手，沒學著貴婦人留了長長的指甲，修得整齊，泛著健康的粉色。

不像看起來的溫潤如玉，摸著才知道，有薄薄的武繭，筆繭，和很多針眼。

他低下頭，一根根指頭仔細舔吻著上面的針眼。

芷荇只覺得轟的一聲，整張臉都著火了，全身僵硬，腳趾頭都縮了。「爺，這這這，不、不好……」

天啊，這是起居的暖閣，吉祥、如意很可能來端茶倒水之類的……她想把自己的手搶回來，三郎卻開始舔吻她的手腕，讓她軟了半邊。

好不容易三郎放手了，她才喘了半口氣，卻瞠目看著三郎把炕桌推到一邊去，乾脆的把手伸進她衣襟裡了。

「不、不行……這裡不行。」她真的快哭出來，「爺，咱們回房不好嗎……」她的聲音都打顫了。

不，我喜歡這樣。看妳瑟瑟發抖，嬌喘微微，又羞又怕的樣子。而且可以把妳看得很仔細，很仔細。這麼敏感，指尖滑過而已，就顫抖不已，連呼吸都不勻了。那麼害怕的小聲哀求，舔她小巧的耳輪時，哀求變了低低的嗚咽，咬著脣，不敢出聲音。

「最、最少吹燈吧……」她羞哭了。

三郎眼神迷離，湊近她耳朵低低的說，「不。我想看妳。」

暖閣的炕不大，想掙都沒地方掙。她又初經人事不久，還保有少女敏感的嬌軀。三郎稍微撩撥就癱軟了，又怕引起什麼動靜，只好任人為所欲為。

只是被人家這樣明燈亮火的恣意憐愛實在很羞人，三郎又不知道哪根筋抽了，慢吞吞的折騰，是惱是喜她都搞不清楚了，羞惱之餘，朝他手腕咬了一口。

這一咬，就糟了。

總之，她是讓三郎裹著披風抱回臥房，破天荒的，三郎去小廚房要了熱水……他們在暖閣那啥的時候，蕙嫂子就把吉祥和如意拖去廚房，她可不是這兩個什麼都不知道的小姑娘，早就把熱水給備好了。

如意還想問姑爺是不是欺負姑娘，結果被吉祥踩了一腳，疑惑的提了熱水去臥房浴盆，偷偷探頭，看起來姑娘似乎睡了。結果吉祥又扯她，「扯我做什麼？剛暖閣姑娘……」

吉祥火速把她拖走了。

三郎撩開床帳，芷荇望著牆，看得到的肌膚都是羞紅的。

他也不言語，直接掀開被子，芷荇險些叫出來，怕引來如意的注意，只能硬吞下去。連三郎抱起她，她也只捶了兩下，一聲都不敢吭。

他細語，「我到今天才懂什麼是真正的魚水之歡，娘子懂了嗎？」

芷荇只能再捶他兩下，還是不敢講話。

年初四，三郎還是一早就進宮去了。兩個人看起來似乎沒什麼異樣，只是都帶著淡淡的臉紅。

攔著不讓送的時候，三郎遲疑了一下，叮嚀著，「家裡的針線房是使不動的……隨便找個繡莊也罷了。我的俸祿都交予公中，但祿田營收應當也還過得去。若月銀沒送來，庫房裡的東西儘可處理掉……妳的嫁妝，一毫都別動。」

芷荇的臉更紅了一點。剛醒的時候，三郎又把她的手指都吻了一遍，說他很心疼這些針眼，怕她把手給做壞了。

「……我省得。哪到賣家當的地步？」她整了整三郎的披風，「別冷著了。」

覷著吉祥和如意在屏風後，三郎飛快的吻了吻她的唇，這才轉身走了。

「姑娘，怎麼滿澡盆的水剩半桶？地上還都是溼的？您沒著涼吧？」如意大剌剌的喊，連走出去的三郎都聽到了，只能加快腳步。模模糊糊的還聽到那缺心眼的小丫頭大驚小怪，「姑娘？妳果然著涼了是不？怎麼臉這麼紅……」

真是太荒唐恣意了點。初時並不是有意讓她困窘，只是……看她指頭那麼多針眼兒，荒寂已久的心，湧出了一點陌生的憐愛。哪知道星火燎原的意動，水到渠成的明白了，閨房之樂的真正妙處。

這麼規矩精明又厲害的娘子，遇到閨房情事還是手足無措，羞怕得可憐。但這種事情，原來是雙方都意動才得趣兒。

苻兒動情又迷糊的摟著他的脖子喊三郎，生澀的迎合……才是他最喜歡的部分。

深深吸了口氣，將綺念平復下來。現在……他可不是只有一個人。

他有個小家，一個甘願做得滿手針眼的娘子在等他。

面對大驚小怪的如意，芷苻只能燒著臉頰，沉默的望天。

幸好吉祥那個鬼靈精把如意鎮住了，不然她真想找條地縫鑽了算了。光想到三郎那麼激動的喊她苻兒……她的腿都有點發軟。

羞死個人。正經姑娘怎麼能這樣呢？太太太……那個了。不行不行，還有一大堆事兒做呢，哪能光顧著在這兒刨樹？

她仔細將這日該做的事情都過了一遍，平靜下來。這是她和三郎的小家，籬笆得紮緊。馮家那票人對三郎既恨且怕，現在忍著他，也不過是長房就這麼個有出息的。

倒也不是很難理解。那票人就是忍著，希望擺在二郎身上。既然陰沉的三郎都能得皇上青眼了，豐姿俊逸的二郎豈不更有機會？就待二郎中了進士，得了皇上寵愛……失寵的三郎算是什麼東西？

她也更能明白，為什麼曾身居副相的馮老爺會一腳踏空，不到四十就被迫「告老」。

目光短淺耳。

芷荇平靜的將大管家喚來，點起花名冊，把所有馮家僕都退了，一時眾人大譁，七嘴八舌。

大管家惶恐的問，「這……下人有什麼不是，三奶奶吩咐就是了。大過年的……」

芷荇笑了笑，指了一地亂騰騰的奴僕，「瞅瞅，大管家還在這呢，這些人就敢吵嚷起來，平常可見是如何了。我也不讓錢管家難做，到處調人麻煩。娘家繼外祖給了我幾房使，儘夠了。夫君也就七品小官，這院也就我們夫妻兩個，無須太多人。

至於下人月銀，既然我當著這個院子的家，自然是我自理了。哪能還動用到公中去？

這麼大冷的天，大管家額頭卻冒了細細的汗。這就是裡外不是人。銀子又不是他的，他還樂得給呢。可太太吩咐了，把三爺的月銀撥給二爺，可三爺的祿俸還是得入公中。

他覺得不妥，但說沒兩句就讓太太砸了茶碗，「家裡短他吃還是短他用?!皇上賞的暗地裡不知道有多少，我這當母親的一樣也沒瞧到……要你這老刁奴替那孽子想？那孽子怎麼不替我想，替馮家想？」

這廂正為難，結果宮裡來送中飯，來熟了的趙公公滿面笑容的進來，「哎唷，老奴來得不是時候了。打擾夫人理事是吧？」

不稱「咱家」卻稱「老奴」，這皇帝對三郎的態度的確微妙。

但有機會不抓住是傻子，芷荇照樣對著皇宮方向福禮謝賞，然後親熱的請趙公公上座，下足血本的上了最好的雪峰茶。

「娘家繼外祖給的，趙公公您嚐嚐。若嚐得好了，帶點兒回去。您贊句好，可是繼外祖的心意誠了。」

「哎唷，這樣好東西，拜領了。」趙公公除了金銀，最喜歡的就是茶。這雪峰不好弄啊……沒人敢拿來當貢品就是看天時的，常常貢不上不是給自己找霉頭？

啜了口茶……妙妙妙，難得難得。眼珠一轉兒，這人精似的趙公公堆笑，「知事郎夫人您這是……」指了指一地的人，「家事若忙，老奴這茶也不好慢品，」一臉可惜的擱下，自言自語似的，「老奴就聽說過馮家別的沒有，就是事多。」

大管家撲通跪下，顫著聲，「夫人您說的是，這樣沒眼色的真不能在這院子了。公公您安心品茶，小的立刻把這起子沒規矩的帶走。」

人去如退潮，跑得乾乾淨淨。

芷荇猛絞著帕子，面上平靜，內心已經笑翻了。不絞帕子她怕自己笑出聲音。

趙公公還要服侍她用飯，她哪有那麼缺心眼。只說早飯吃得遲了，還不餓。笑咪咪的陪趙公公品茶聊天，還提了繼外祖待她甚好，幾房人二話不說的撥給她使。

「難得難得，人說家和萬事興，繼夫人和繼外祖待您如此之好，老奴多嘴一句，您得惜福啊。」

「公公說得是，雖說已為馮家婦，哪能把自己根本給忘了，不知道孝順？偏我繼外祖只罵我見外，怕禮尚往來缺了，畢竟夫君俸祿不多……連這雪峰都匀給我一半。他老人家鋪子都還沒給上呢。可見是多疼我了。可惜京城這地界兒……商戶想安分做生意也不容易。」

「可不是嘛，」趙公公點頭嘆息，「士農工商，商戶還是排得上號的正當營生。天子腳下，還有些不長眼的阿貓阿狗刁難良民……這不是給皇上抹黑嘛？」

芷荇含笑，命吉祥把二兩雪峰送出，趙公公半推半就的受了。兩人心照不宣的笑了笑。

這條線倒是搭成了。嗜茶如命的趙公公必去照顧繼外祖一二，繼外祖也會投桃報李。這比亮什麼親戚關係還強多了。

果不其然，她才用完飯不久，繼外祖就把幾房人帶身契送到她手上，馮家連吭都沒吭半聲。

規矩慢慢教，但她先帶著人去把靠近馮家主屋的幾處空院子先鎖了。她家夫君俸祿少，又都交公中，她使的人當然也少，自然用不到的先鎖了，維持起來容易多了。

伺候園子幹什麼？最要緊是伺候他們夫妻這兩主子。

眼前看著是有點亂。但她很有信心，可以把日子越過越好。

最少讓三郎吃飽穿暖不挨凍，是絕對沒有問題的。

才過了元宵，修身苑就安頓下來了。

代代母女相傳，治家向來是統帥那一套兵法，不是蠢到極點的事必躬親。家規立好了，上下有分，賞罰分明，毋枉毋縱。就這麼十來個人要治到服貼也儘容易。

禮儀端整，可能趕不上世代官僕的那些，但她不在意那些虛的。能不能忠心為主，不被輕易買通，比跪得好不好看，知不知道何時跪重要得多。

最少現在她是滿意的。吉祥、如意也很有幾分管家娘子的氣派，搭檔起來挺好。蹲下能燒火，起身能管家，她沒看走眼。

就是蕙嫂子比較軟弱點。不過她算是老人，又有如意撐腰，廚房的丫頭婆子不敢惹，倒也還好。主要是她手藝不錯，人又仔細，吃飯能安心是重中之重。

過完年，皇上不派酒席進來了，改讓供蔬菜魚肉的貢商來聽吩咐，宮裡付銀子。連馮家後門都不進了，直接送到修身苑的角門。

馮家上下當然恨得牙癢，又掐斷了一個能拿捏三郎的去處……現在連奴僕都不靠馮家吃飯穿衣了——那個許家小門小戶的婆娘居然就自己叫了繡莊來裁剪苑裡上下的四季衣裳，沒他們什麼事了。

連三郎進出都不走側門了，直接從修身苑的角門，什麼時候走，什麼時候回來，完全不知道。那些面生的奴僕根本就對馮家充滿戒心，想從他們嘴裡撬出一絲半點消息，完全沒有可能。

等馮家驚覺的時候，已經形同分家別居，伸不得手了。

老爺太太不知道摔了多少杯子茶碗，卻只能白賠那些物事兒。點了知事郎以後，三郎就難拿捏了……哪怕只是挨個耳光，第二天就有公公上門笑嘻嘻的問事。只能冷著，給他難堪。但那副死人臉總是無風無雨，自辦了棺材諸物，一副大不了一死的樣子。

太太這時候才暗悔，早知道就別讓馮姨娘那小賤人解脫了，扣著起碼還能給他點禁忌不是？連新婦進門，她就不該瞧不起那小門小戶的小娼婦，早早趁著還沒得三郎的心時，先拿捏住。結果錯過了，現在三郎護得死死的，連皇上都扛出來擋了……

她怎麼伸手？

其實太太心裡很矛盾。是她生的兒，她怎麼會不疼？當初那是不得已兒……三郎怎麼不能體會她的心？反而把她看得跟仇人一樣，能下床的第一件事情居然是去見那個小賤人！一整個離心離德，還天天嚷著要清白……老爺不得不把他鎖起來，不然這個家怎麼辦？

二郎是錯，的確是錯。但二郎已經認錯了，滾在她懷裡口口聲聲要去領死……她怎麼忍得？老爺已經丟官了，也就二郎有了功名，長房將來得看他。捨了三郎難道她心底就好受嗎？都不知道流了多少淚……三郎只會恨她，跟她強，只會問那個小賤人……

連大郎都知道要跟她軟和，要孝順她。二郎更是貼心極了。怎麼自己生的兒只會擺臉色，成天的咒罵她和親爹……有點出息，就只會拿皇上壓家裡人。她都還在呢，怎麼誥命先封那個短命死了的小賤人，不是他的親生娘親？

她怎麼就生了這麼個不孝的兒子？

還真沒想到有更噎的事情。正月十八，宮裡傳旨了，封馮知事郎妻許氏為孺人。雖然是七品誥命，終究是誥命夫人了。

太太差點一口心血噴了出來，當下就昏了過去。

那天三郎回來，芷荇半笑半埋怨的，「怎麼這樣辦事的？二嫂剛來罵了我好大一通。」

他淡淡的笑，情緒明顯高很多，沒那麼陰風慘慘，「不關我事，皇上親筆寫的，不見那道聖旨不文不白？我惹了他，他就惹回來，唯恐天下不亂的。」

雖然知道自己娘子是個厲害的，還是不太放心的說，「他們說什麼……都別擱心裡。」

芷荇笑出來，「我哪能吃虧去？倒是二嫂回去得吃點降火的。不然憋得緊了，都是我的不是。」

攏著芷荇的手，習慣的摩挲上面的針眼，「荇兒，咱們先散散，回來再吃飯。」

芷荇臉倒是紅了。也就只有極親密的時候，三郎才會動情的這麼喊。現在怎麼突然帶出來呢真是……

但三郎帶著她走出修身苑，踏入馮家的園子，走沒多久，就到了一個荒僻的小院。

圈著牆，只有一個小小的屋子，荒蕪冷清，牆縫和屋頂長滿了草。

「以前，都不敢走到這兒來。」三郎慢慢的開口，「現在覺得可以了。」

他推門，垂在門閂、生鏽的鐵鍊，嘩啦啦的響。

滿是灰塵，只有一桌一椅一床，一個淨桶擺在角落。那床，卻不是炕床。只是木板草草釘就，上面該放枕頭的地方，卻是兩塊磚。

他打開窗戶，居然是一根根鐵條構成的柵欄。縫隙可以伸出手臂，但也就這麼寬。十八的月，開始缺了，讓欄杆割得破碎。

「我在這裡關了一年。」三郎的語氣很平淡，「冬天冷得睡不著時，就起來打拳，等身體熱了，才鑽進被窩裡，設法睡暖。其實這東西……還真關不住我。」他輕鬆的扳了扳鐵條，就拆了下來，「所以我才能翻牆出去考秀才。」

芷荇眼眶一熱，只能緊緊咬著脣。真的把他關住的……是對親情的最後一點順從和渴望吧。

「是二房叔父幫我作保的。其實是姨娘差陳嬤嬤給叔父帶話，考籃也是陳嬤嬤送的。我非考上不可……那時候我還不想死。我還……還有一些天真的願望。」

只是那些天真的願望，一點一滴的慢慢毀滅、破碎。

芷荇緩緩走過去，抱住他的腰，把臉埋在他背後。

「心疼我吧，對不？我就是要妳很心疼，非常心疼。」他轉過身，撫著芷荇臉上的淚痕，「要把我放在心裡，而不是……往我的棺材旁邊再添一具。荇兒，把我放在心裡，只把我放在心裡。」

抓著他的手，芷荇的淚止也止不住，不斷的滾下來，破碎的細聲，「……不行的。當妻子的要賢良大度……不要拐我……你總是會有……」

「不會有。」三郎的眼神慢慢黯淡下去，「我知道妳不信。沒關係。女人，也是人。不是貓狗，也不是玩意兒。我會拐妳，就是把妳拐到不行。荇兒，妳心裡只會有我。我們……一起活。」

老惹她哭，真不好。輕撫著芷荇的背時，三郎默默的想。但他發現擱著棺材的房裡，又多了一具棺材，心裡的難過居然無比洶湧。

本來，他活著只是必須活著，但活得了無生趣。所有的情感都死了，什麼都無所謂。他非常希望可以一睡不醒，給所有人一個安全的交代。

但他的荇兒，可能會死，毫無生氣的躺在那具棺材裡，卻讓他非常慌張痛苦。她都到他身邊了，走到他心裡了，怎麼能夠這樣？

人皆有死，他比誰都明白。但他無法接受這種可能。

當下他真有股衝動，把那具新棺材劈成木片，燒了。

他不是不懂這是荇兒一種含蓄的表示。給他一個諾言，死同墳。

但他更想跟她一起活著，哪怕只是一起看著被欄杆割碎的月亮，他就覺得胸口不只是空空的颳著寒風。

「認命吧。」緊緊擁著芷荇，他的容顏在月下透出一股溫柔的哀傷，「誰讓妳嫁給了我。」

從他肩上，芷荇看到鐵鏽斑斑的鐵欄杆，和破破碎碎的月亮。

晨起送走了三郎，芷荇的情緒一直不高。

昨夜三郎沒有求歡，卻說覺得冷，摟著她，破壞她規規矩矩的睡相。擔心的問他哪裡冷，三郎卻把芷荇的手拉到胸膛，「心口，總是睡不暖。」

害她差點又滴下淚來。

這人，真的打定主意要拐她了。這可如何是好？

明明知道，情感才是女子生死大關，把心交出去，未來只有日日凌遲等著。廣大的修身苑，早晚會填滿……填滿千嬌百媚的通房妾室，填滿庶出子女……早晚的事。

她娘親就淡淡的說過，新婚燕爾時，她就是沒遵祖訓，棄守得太快，最終良人成了狼人。亡羊補牢，卻為時已晚，白受了許多氣惱和心傷。

丈夫可以親、可以敬、可以諂，但絕對不能愛也不能信！不然這個賢良婦人決計是做不成的。

這麼母女嫡傳兩百餘年，也就只有一個例外。顧氏太外祖母嫁給只有秀才功名，千里行商的商隊頭子，身為商家婦，卻是傅氏歷代嫡傳中最是驚世絕豔的一個。一生一世一雙人，也真的只有太外祖母和太外祖父實現了。

外祖母的絕命書自悔不已，為了陌上持花含笑的曾家少年，不顧太外祖母的反對，又回到世家的牢籠。

母親出嫁沒多久，外祖母就鬱鬱而逝了。外祖母的絕命書很短，只有四個字：「悔不當初。」

她覺得透不過氣。把那箱絕命書鎖起來，趴在上面。這是一箱的血淚，兩百餘年來的血淚斑斑。

「姑娘？姑娘妳怎麼了？」如意大驚，走進來搖著芷荇，「不舒服是不？難道是小日子……可時候還沒到呀？」

看著如意那單純又困惑的臉龐，覺得點這缺心眼兒的丫頭真不壞，起碼會啼笑皆非，而不是困守自傷。

「管家姐姐，妳不去忙妳的，跑來躲懶？」芷荇打趣。

「姑娘這話說得好誅心，不就怕您渴了嗎？」如意皺了皺眉，端了茶過來，「要不要吃點東西墊墊？看您早飯也沒好生用……」

讓她繼續嘮叨下去可不得了。芷荇打斷她，「那些鎖著的空院子，隔三差五的，還是使人去打掃打掃。」

如意眼睛瞪得大大的，「誰會想來住啊？」

芷荇苦笑了一下，「誰知道？你們許大人有例在前，保不定……會有什麼姨娘通房的。」

如意氣得臉鼓鼓的，蘋果頰通紅，雖然想忍，終究還是沒忍住嚷出來，「姑爺有這心，姑娘您就該朝他身上多刨幾下，好生教訓教訓！」

芷荇有些尷尬了，這性子真得改，怎麼能暴躁起來亂刨呢？「沒那事。姑爺……眼下自然待我是好的。只是將來的事，怎能說得準……？」

如意放心下來，嘟囔著，「姑娘，奴婢還真不懂，怎麼您跟我二嫂都講究什麼破賢慧。這賢慧，是能吃，還是能穿？我二哥打我二嫂，她只會躲著哭，明明不想跟他過了，只會忍。是奴婢早把他休了，還捲起袖子給他一頓好的！」她忿忿的揮了揮拳頭。

「妳若嫁人了也這麼著，怎麼可以？打不過怎麼辦？」芷荇輕斥她。

「不還有姑娘嗎？」如意大剌剌的，「奴婢還真的很不懂，這嫡啊庶啊，明明就差好遠。開枝散葉……誰知道會不會開一堆花啊？就算是生兒子，也是庶的啊，出生就讓人挑剔這，孩子多可憐。咱們家那些姨娘，成天只會吵嘴打架，又吵不出個子丑寅卯，白費胭脂水粉，還有不少的飯錢。

奴婢就不要當什麼賢良人。敢有什麼花花腸子……先給吃頓擀麵棍！不能跟奴婢一心一意的過，一拍兩散！反正姑娘不會不要奴婢，跟著姑娘，好得多呢。」

不要當賢良人？這……芷荇倒是從來沒這麼想過，一時有些怔了。

「姑娘您真的想太多了。也就您能跟姑爺過下去……」如意打了個冷顫，「那些新來的還說姑爺像是雪捏的，透著寒氣，幸好不讓人跟前伺候，不然非凍病不可。他們哪知道咱們剛來的時候，姑爺一眼就能讓人發惡夢……」

「如意！妳又在這兒窮嚼什麼舌頭？」吉祥進來瞪她，「一院子事呢！」

芷荇微微笑了笑，揮手讓她們下去了，一路還聽她們倆小聲吵嘴。

沒想到，她自負聰明伶俐，還沒個心憨的小丫頭想得直接明白。得歡一日且一日，顧什麼破名聲？反正三郎的名聲早讓皇帝給敗壞光了，她潑出去當個妒婦也不怎麼樣。敢有什麼花花腸子，賞頓擀麵棍先！

她搗著嘴，偷偷笑了起來。

晚上三郎回來，面露疲憊，幽森的氣息高漲許多。雖說開春了，還是雨雪交雜，反而更溼冷陰寒。這種氣氛下，來沒多久的小丫頭差點嚇癱了，連門簾都差點打不起來。

芷荇服侍著三郎在暖閣換了泥泥點點的官服裡裳，熟練的給他暖爐抱著，換了鞋襪，用熱水給他擦了臉，才稍稍有些活氣。

只是他怎麼也沒想到，面嫩溫柔的小娘子硬板著臉，從門後抽出一根擀麵棍，丟在炕桌上。

「拐我之前，還是細細想清楚了。」芷荇半賭氣半強硬的說，「莫拐我，將來抬幾個如花美眷，我都能妥妥貼貼，當好你賢良大度的夫人，保證樣樣守著禮法按著規矩。你真把我給拐了……我最恨人騙我。你敢起什麼納小的心思……先吃頓擀麵棍去！我真會潑出去當妒婦，跟你沒個完。先想仔細了！」

三郎定定的瞅了她一會兒，噗嗤一聲，笑了出來。如滿天陰霾烏雲散盡，捧出明淨月輪來。光彩襲人，奪魂攝魄般讓人暫時忘了呼吸。

芷荇愣住之餘，心底哀慘一聲。這樣兒肌雪顏花的夫君真的守得住嗎？她真寧願三郎五大三粗，滿臉橫肉，起碼出去安心，在家放心啊！

被電得目眩神迷，三郎傾過來吻她的脣和臉，擁著低低的笑。「大丈夫一諾千金。敢違諾，吃頓刀子都是該的，何況擀麵棍？我敢起什麼不該然的納小心思，不但吃擀麵棍，還跪著領夫人賞，這樣可以麼？」

「……油嘴滑舌的，不跟你講了。」芷荇臉上飛紅，聽到如意在外喚門，急急的掙走了。

如意倒是瞪著桌子上的擀麵棍，目光不善的打量猶帶笑意的三郎，「姑娘，原來當官的都不是什麼好的！」她眼圈一紅，「成親才多久，擀麵棍就得上了？」

吉祥大驚，踩了如意一腳，看她還要說，急得衝口而出，「忒沒眼色！妳不會瞧姑娘和姑爺滿面春意？還在這兒亂扯瞎說的……」

芷荇臉紅到不能再紅，一整個羞惱兼哭笑不得。她開始檢討點這兩個丫頭陪嫁過來對不對了……

待吉祥、如意把晚膳擺在炕桌上，眼前人走淨了。三郎倒在炕上大笑，「好丫頭！將來得仔細給她們倆挑戶好人家嫁了！」

「起來吃飯了！」芷荇更惱羞，「也不怕嗆著了……」

三郎喘了喘，還是倒在炕上。「……好些年，我沒這麼笑了。」

芷荇低了頭，聲音軟弱下來，「別戳我心窩子。」

安靜了會兒，三郎起身吃飯，只是看到門後的擀麵棍，還是不時露出微笑。悶得芷苻賭氣扔到櫃頂，眼不見心不煩。

結果隔日下午，趙公公又來賞賜馮孺人許氏了！

皇帝賞了……一根棒槌。就是洗衣服用的那種棒槌。

上面還刻著幾個字「上打不慈諸長，下打無良夫婿。」馮家上下抖衣而顫，芷苻卻覺得一口血噎著，吐不出來又吞不進去。

何謂「不慈」？怎麼算「無良」？這裡頭有太多官司可以打，根本不可能拿來使。她只覺得皇帝賞了這個御賜棒槌只是單純的唯恐天下不亂，興致勃勃的看熱鬧。

而且……皇上怎麼會知道她和三郎的閨房私語？

那天三郎回來，她氣氣的把御賜棒槌扔在炕桌，別開頭拒不伺候。原本疲憊極了的三郎看到那根棒槌和使小性子的娘子，卻覺得所有的疲憊都消散了，不停的發笑，自己進房換了衣服鞋襪，把手在薰籠捂暖了，才去拉她的手。

「你、你怎麼可以……什麼都，跟那個，那一位說？」芷苻怒了。

「那一位……情緒很不好。」三郎安靜了片刻，「我又不是個會逗樂子的人，就說了擀麵棍。那一位倒是高興了，直說擀麵棍不夠看，應該使棒槌……我真沒想到他還真的整了這個。」

三郎的語氣很平緩淡然，但口吻像是述說一個讓人頭疼的平輩朋友，而不是高高在上的皇帝。

「……沒說什麼，別的吧？」她已經全身都羞紅了。

「那一位想見妳我都不給見了。哪還能提別的什麼？」三郎摩挲著她的指頭思索，抬頭專注的看著她，「那一位……是胡鬧些。他是……全天下最不適合這個位置的，卻也是全天下最適合這個位置的。他曾說過跟我很像……我不以為然。但有了妳以後……我漸漸覺得，嗯，是有那麼點。」

當今是為政德帝，是太后三十六歲時嫡出，行十。據說自小頑劣非常，惹怒先皇，年方八歲就被封為「順王」，趕去封地南都。這順王爺在南都也是紈褲一枚，十二三歲就眠花宿柳，自在快活得非常混帳，誰也沒把他當回事。

結果先皇年老時奪嫡得腥風血雨，皇子們幾乎要死絕廢完了。這才把遠在南都的順王迎回京城，只當了三天太子，久病的先皇就駕崩了。這個花天酒地、自在快活的順王太子，最有名最荒唐的事蹟就是抱著先皇靈柩不放，號啕大哭的不肯登基，嚷著要回南都去。

每次跟大臣相爭，最後總是把冠冕一扔，嚷嚷著，「不幹了不幹了，皇帝誰愛誰去，咱要回南都！」

這樣荒唐離譜的皇帝，跟坎坷孤苦的三郎什麼地方像？

三郎看著娘子一臉不解，張了張嘴，卻又為難。湊在芷荇的耳邊低語，「那一位……看似荒唐好色，其實，只是想要一個看得到他，而不是只看到『皇上』的人。」

芷荇先是詫異，轉思細想，卻覺當中有無數淒涼。「……看起來簡單，卻是最不簡單的。」

就知道娘子聰慧，三郎點了點頭，淡淡一笑，聲音更低，「他待我青眼有加，卻無其他。只是因為……我看到了『皇上』，也看到了他。那一位覺得和我很像，所以再三迴護……順便看熱鬧……」

芷荇摀著他的嘴，也低聲，「行了。三郎……皇家事，不該說與我聽的。」

「妳信我？」三郎拉下芷荇的手，似笑非笑的問。

芷荇瞪了他一眼，卻不自覺露出媚態，「我是你枕邊人。」真經過風月，哪能笨成那樣？

「……那一位和我最大的不同是……荇兒眼中只有三郎，從來沒看到皇帝近臣。」

那頓晚飯，熱了又熱，都成了宵夜了，才吃得上。

三月春暖桃花開，遠山含笑。

天氣非常美麗，但主母馮家太太心情非常不美麗，隱隱含著雷光閃爍，身邊人都躡手躡腳的，唯恐一個不慎，就惹得馮太太大發雷霆之怒。

人人都知道是因為修身苑的三奶奶，但誰也都把嘴閉緊，省得觸到太太的逆鱗。

太太怒啊，怎麼能不怒？三郎那孽子倒是月月把俸祿交予公中，一毛不缺。祿田一年下來能有五六十兩就很不錯了，他們這種人家會把那點子錢放在眼底？一個院子要吃要喝要發奴僕月錢，五六十兩一個月就去淨了，管什麼用？

但修身苑那個小娼婦就能一聲不吭，求也不求一聲，安安心心、自自在在關起門來逍遙度日……可見三郎私底下受了皇上多少賞，身家有多豐厚，也不見一絲半點補貼家用，儘著那個小娼婦樂！

還別說，太太真猜對了一半兒。三郎荷包揣著二兩銀子，卻很難得花用。倒是常常帶了些精美華貴的頭面首飾回來，也不當回事，隨意給了芷荇。

……她就覺得奇怪，為什麼當初抄徐嬤嬤的窩時，會有那麼些金銀珠寶。

「皇上給的，下頭獻上來還沒造冊，妳就隨意用吧。」他淡淡的說。

芷荇左看右看，真不好意思把這麼精美繁複的鳳頭釵插在頭上。別的姑娘有個嬌養的童年，還有個歡笑的少女時代。喜歡這些首飾頭面是應該的，可惜這些時光她一概沒有，想到的只是這根釵能換多少家用，可以用多久。

忍不住還是問了，「皇上要賞也賞些文房四寶，為什麼賞你這些個……」

三郎頓了下，忍俊不住，「……無非怕來個二桃殺三士。」

看芷荇還是一臉莫名，他淡淡的點明，只是想到皇上不耐煩的樣子，還是有幾分好笑。

當今皇后是先皇在世時，幫順王訂的親。可皇貴妃卻是政德帝登基後，太后作主封的，還是太后的親姪孫女。皇后和皇貴妃掐得可凶，更不要提一干重臣送進宮的妃嬪。

像今天，皇上收到這個精緻絕倫華麗無比的鳳頭釵，就大罵了一通。「……這哪是送禮，這是嫁禍對吧?!就這麼孤一個，我該送給皇后，還是給皇貴妃？老要我一碗水端平……我是能剁成兩截一人送一半？其他四妃我又得給啥？姥姥的，不是東西啊這群混帳……」

三郎只能勉強忍住笑意，肅聲道，「皇上，您當自稱朕。」

「朕你姥姥！」皇上火氣更大，「拿去！」扔給了三郎，衝著趙公公發火，「不准登冊！姥姥低，誰都別要，省事！」

皇上這通脾氣，他沒敢透給娘子……畢竟是皇家事。但她現在是七品誥命，多少還是得知道一點後宮的關係與來龍去脈。

看起來是懂了。芷荇笑了起來，「想來不怎麼打眼的，給了趙公公？」

三郎點了點頭，「就算不打眼，皇上賞了哪個后妃，依舊是……乾脆賞給趙公公。」

看芷荇瞧了幾眼，就興致缺缺的登冊入庫，他忍不住問，「不喜歡？」

「我是個俗人，看到這物事兒只想到能換幾斤米。」芷荇漫應，「不過換米有些可惜，留著兒聘女嫁，倒省筆開銷。」

俗人？她那手以繡為畫的扇套，恢弘壯闊，皇上愛得不行，硬搶了去。皇上眼光可高著呢。只是他說什麼都不再給，皇上也沒輒。

那可是她手上多少針眼磨出來的，捨個扇套就很不得了了，別得寸進尺。

「家用夠不？」他的聲音放柔了。

「夠。莫擔心，咱們祿田沒全折了銀子，十來個人，米麵儘足了，還吃得上新糧呢。皇上管菜蔬魚肉，吃飯不用愁。那十來個走盤珠，我跟你說過的。繼外祖幫我折現入股了，他那茶行可風生水起，原本他還要幫我們支付奴僕月錢呢，我不肯。親兄弟明算帳，何況是繼外祖？合同打得明白，年底就有股利可收。

從徐嬤嬤手底抄來的那些金銀珠寶，夠我們撐到年底了。咱們又沒什麼開銷，人情往來還是公中的事，與我們不相干。我翻了庫房，有些料子就白堆著，放陳了做什麼？拿出來作四季衣裳，手工錢還是有限的……」

倚著炕桌，撐著臉看他的小娘子伶伶俐俐、清清脆脆的報家用，既軟又暖，他沒全聽進去，卻很愛聽她這樣認真又溫柔的聲音。

「……三郎？」她被看得不好意思，「儘說些瑣碎，你膩煩了？」

「妳說，」他笑得比桃花燦爛，「我愛聽。」

芷荇拿起帳本子遮著臉。都幾個月了，她還是很容易羞。「你、你該打賞吃飯喝茶水儘管用，別二兩銀子擱著幾天都沒動。李大那兒我也給了他筆銀子……該花的錢就花，不用省。」

三郎抽了帳本子，看著暈紅未褪的芷荇，說，「好。」

結果他真的把那二兩銀子花了，幾天後遞給芷荇一個小匣子，裡頭是一對簡單精巧的珍珠耳墜，和一根玲瓏珍珠釵。

珍珠不大，也不是那種渾圓的貴重走盤珠。就是二兩銀子買得到的，清貧七品官能買給妻子的頭面。

不說庫房，光她的陪嫁就有更多更華麗珍奇的首飾。但那些在她眼中，也就是兒聘女嫁用，或是迫不得已時，能換多少米。

可這對珍珠耳墜和珠釵，她寧願帶到棺材裡，連兒女都不給。

「……我喜歡。喜歡得不得了。」她小小聲的說，眼眶打轉著淚。

三郎親自幫她戴上耳墜子，插上珍珠釵。果然他的荇兒還是珍珠最襯。他有些後悔，「真不該將那些走盤珠脫手了。」

芷荇搖頭，「我不要皇帝賞的。我只喜歡我夫君買給我的。」

三郎啞然，默默偎著她的臉龐，擁著看窗外一眉月牙兒。淡淡的桃花香，悠悠遠遠的傳來。

他一直覺得窒息，喘不上氣。困在深深的院子裡，看著冰冷的月圓或缺，漠然的覺得一切也不過如此。

四季與他無關，一直都是隆冬。

但現在他聞到桃花的香氣了……春天的氣息。連月都鍍著銀亮的暖意。

他能暢快呼吸了。

只因為他身邊有個生同衾、死同墳的人。

「……我是個很窮的七品官。」他輕喃。或許有天就見棄於聖上，誰知道？他知道皇上太多事情，太后對他不滿已久。

「我是清貧七品官的妻。」芷荇細聲回答，「我也讀過幾天書，知道貧賤不能移。」

他埋在芷荇的頸窩，聞到淡淡的皂香，輕輕的笑了起來。

* * *

在簷頂腳滑了一下，還好有穩住，也沒透出什麼聲息兒。

她這個輕功真的是……暗自苦笑。恐怕她會是歷代傅氏嫡傳最平庸的一個。娘親臥病，只能口說言教，她最多就是把基本功練紮實了，想要到「如鬼似魅、踏雪無痕水上飄」，大概很有得練。

現在修身苑上下齊整，真沒她什麼事情了……閒出來的時間大把。但她現在會在簷頂貓兒似的飛簷走壁，倒不是閒極無聊。

婆母試著往苑裡套口風，收買人心，這不奇怪。大嫂二嫂也跟著這麼幹，大約是婆母的示意。但是馮二郎這麼幹，就很詭異了。

打聽的事情也太莫名，居然是她的喜好和起居習慣，暗示著給他們製造偶遇的機會……而不是三郎有多少家私。按兵不動的順藤摸瓜，得到的是這樣的結果，她頗為傻眼。

所以她才會在這兒。用著三腳貓的輕功進馮府暗探。雖說於她自己看來只是稀鬆平常，但實在足以在江湖上成名立萬了。以至於她得閒就潛入聽壁角，馮府上下居然毫無所覺。

讓她覺得有點好笑的是，堂堂世家豪門，世家譜數得上號的馮家長房。爺的調戲和丫頭的勾引，和她老爹與姨娘們還是同個套路。她就奇怪大丫頭們留那麼長的指甲做什麼……這可怎麼做事？原來是端茶遞水時用長長的指甲搔爺們的手心。

馮二郎倒是滿面春風溫柔纏綿的笑納了。只是看著和夫君那麼相似的臉孔和丫頭們調笑勾搭，她實在有股恨不得上去撓破那張臉皮的衝動。

原本她覺得沒趣兒，這家的壁角聽來聽去也就是那些陳芝麻爛穀子，無非是拿三郎和二郎比較，把二郎捧得跟鳳凰一樣，忿恨每年去祠堂祭祖，連他們這些下人都跟著被擠兌沒臉，把三郎講得非常不堪，說他跟皇帝有什麼不清不楚，恨不得把三郎踩到泥地裡去。

太沒意思了。

但她正想收手，省得引來什麼麻煩時……卻看到馮二郎偷偷地進了一個閒置的小院，只讓人看住院門。她還以為是跟哪個丫頭幽會之類的，但許久沒有人來。

她小心翼翼的翻牆上屋，倒掛金鉤的悄悄戳破了窗紙，瞧馮二郎玩什麼把戲……

馮二郎穿了一身青衣官袍，對著銅鏡露出鬱鬱之色，舉手投足，像是在……在……在模仿三郎。

「爺，像，還真是像。」一旁的小廝諂媚，「可這……能瞞過皇上和三奶奶嗎？」

「瞞住皇上也不難，就說生場大病就好了。人生過病總是有些走樣。」馮二郎冷笑，「至於弟媳……區區一個婦道人家，沒了三郎也就個擺設。爺肯偶爾寵寵她，就謝恩吧，失了清白，她能怎麼樣？」

馮二郎臉上掠過一絲戾氣。「馮三郎……你早就該乖乖去死了。你本來就是多餘的！這世界上根本不需要跟我長得一模一樣的人……他的一切應該是我的，我的！」

芷荇翻回屋頂，儘可能的平靜氣息，雖然胸口熊熊怒火灼得發狂。

她從來沒想過有人能這麼狠戾，同時又是那麼天真幼稚。以為憑著一張相像的臉孔，就能李代桃僵。她再也不想看到那張令人厭惡的、惺惺作態的臉，只是默默的聽著屋裡的談話聲。

是有點小聰明，知道修身苑潑水不進，就把手插到苑裡慣常採買藥材的藥鋪子去。最近她在幫三郎調養身子，的確是個難以嚴防的死角……若她不懂醫的話。

把我當成尋常婦人……馮二郎你真瞎了狗眼！

頭一回，她湧起了鋒利的殺意。只是她還是過不了自己的那個檻，才只是咬緊牙關飄然而去。

她已經沒有心思再去探查這個荒謬愚蠢的毒計，公爹和婆母有沒有插一腳。她怕查出點什麼，就生生越過自己嚴守的理與禮的門檻。

回到修身苑，從桃樹林深處踱出來，她表面上已經平靜了。吉祥、如意已經習慣姑娘常常去桃林徜徉徘徊，老半天不見人。看到她走過來，只怕她累著了，忙著送茶倒水。

她行若無事的交代了，藥材採買先停了，家用有點緊……反正還有些庫存。吉祥、如意倒是沒有起疑心，打小兒姑娘就是家裡的小神醫，下人有個頭痛腦熱都是來求姑娘看的。姑娘能那麼溫溫柔柔的說一不二，當那麼多年的家，端地是恩威並施。

這個恩，倒是打賞少，而救疾多了。

她悶頭查了一遍藥材，既有庫存都無異樣，有毛病的是最近採買回來、她還未整理入庫的新藥材。

是種內宅不罕見的慢性毒藥，粉狀、略苦、微有金屬腥味。名曰「送君千里」……可惜好聽得只有表面。這種慢性毒藥發作似傷寒，日漸加重，會拖上好久，時好時壞。劑量累積夠了，就一命嗚呼。

芷荇相較其他，於醫毒一道，最為專精。實在是因為她娘親一直纏綿病榻，以虎狼之藥延命，故而很是經心。

比起醫，她還更會毒呢。

但她終究不是那種能夠狠心傷害人命的角色，處理掉那些有問題的藥材後，她讓和二郎的人虛與委蛇的看門婆子，給個偶遇的機會，反正是不義之人，下人賺點兒零花，儘可心安理得。

二郎倒是欣喜若狂的見到她了，可惜弟媳執禮甚恭，沒能有什麼進展。但第一次嘛，一來二去，比起那個活死人，他的機會大得多了……

只是他回去想跟嬌滴滴的通房丫頭巫山雲雨時……居然不行了。

芷荇倒是規規矩矩的待在修身苑，琢磨著藥膳——繼外祖是個生意人真不壞，人面廣，來源清楚明白，銀貨兩訖。裡面的人脈門道，也不是官家世族摸得清楚的。

他家三郎，早年那頓打沒好生調養，又受許多折磨。雖說底子好，眼前年輕血氣旺又練武不懈，所以看起來還行。但這內傷病根埋著，中年過後必多苦楚。許多將軍以至於英年早逝，甚至絕嗣，往往就是因為少年時太過折磨、疏忽了內傷病根的緣故。

自家夫君就心疼不來了，誰管那個蛇蠍心腸的二伯舉不舉，被灌多少苦湯頭……橫豎清心寡慾兩個月就好了。

至於會不會有心理陰影，該舉而不舉，關她什麼事情？那是公爹婆母二嫂該急的……二伯還沒兒子呢。

沒讓他斷子絕孫就很好了，別指望她是個慈悲為懷的人。

＊　＊　＊

春聲盈滿御書房，淫靡香豔的氣息蔓延。

三郎眉眼不動，恍若無聞，端坐在御案下首的書几，翻閱著奏摺，時而凝眉暗忖，另在紙張上寫下若干疑點，當往何處調檔，一一夾入奏摺中。

皇上和諸相關係非常差，差到只欠沒捋起袖子互毆了。沒辦法，這個皇帝是臣子最不喜歡的那種：無賴荒唐，但又聰明絕頂過目不忘。勸不住，哄不來，敢玩什麼文死諫，他就梗著脖子喊，「讓他撞！撞死算完！不對……撞死哪裡算完……跟他家裡算帳去！朕的柱子是什麼阿貓阿狗都撞得了的？賠他個妻離子散家破人亡！」

遇到這種潑皮皇帝，真是觀之落淚、思及傷心兼沒臉面。皇帝就敢那麼大剌剌的摔奏摺，「別當朕是白痴！連個帳都錯得天南地北……指鹿為馬是吧？朕是這麼好唬弄的?!」

真鬧得急了，皇帝又要摔冠冕，口口聲聲嚷著不幹。

諸相想扁這個皇帝不知道想了多少回……也就只能心裡想想。沒辦法，百姓喜歡這個胡鬧卻能幹的皇帝啊！這個皇帝的確很行，非常行，善於治國……但百官卻不好撈銀子了，一抓一個準，弄得人心惶惶。

現在諸相百官上朝都很鬱悶，皇上的嘴實在是……挑剔諷刺摔奏摺，被罵得狗血淋頭，誰能不鬱悶？但若幹得好了，就褒獎得逢迎拍馬，讓聽的人惶恐至極，叩謝不已，覺得回去不再幹好些對不起皇上和列祖列宗百姓社稷。

百官比較希望有個軟和帶點糊塗，垂拱而治的皇帝，而不是個荒唐胡鬧卻精明幹練的皇帝。

瞅瞅，早上罵完了早朝，諸相只能灰溜溜的回去幹事，御書房只留一個肌雪顏花的知事郎……想也知道不會幹什麼好事！君昏庸好色，寵信的又是以色事人的佞臣，大燕堪憂啊堪憂……

諸相百官倒是猜到一丁點兒，可惜與事實相差有點遠。他們心目中的佞臣正在整飭奏摺重點，刪蕪留菁。那個只在後宮睡覺不盡義務的皇帝，也就御書房這一畝三分地能自在的摟著伺候茶水的宮女風流快活。

三郎撫了撫有些瘦的脖子，趙公公奉茶，他客客氣氣的起身接了。奏摺整理得差不多了，只待皇上批閱。看看水漏，這也鬧得忒久了。

所以他起身，隔著若隱若現的簾站著，冷冷的說，「啟稟皇上，微臣還想早點回家。」

「知、知道啦！」床帳內的皇帝還在努力。

但凡一個正常的男人，讓雙冷冰冰的眼珠子瞅著——即使隔著門簾床帳，可惜都薄如蟬翼——能繼續滾床單不懈者幾希也。

嘴裡罵罵咧咧的，皇帝還是灰溜溜的起身去屏風後面沐浴更衣，君臣這麼幾年了，他很清楚馮進馮三郎會杵在那兒用冷冰冰的眼珠子瞅著，杵到他肯出來辦公為止。

軟語哄了正寵愛的宮女，自己拿了巾子擦著溼漉漉的頭髮出來，習慣性的摸了摸三郎漂亮的小臉蛋兒，馮知事郎也一如既往抽出帕子漠然的擦了擦皇帝剛摸過的地方。

「臉紅一下你會死啊！」皇帝沒好氣。

「啟稟皇上，微臣沒有臉紅的必要。」

「瞧瞧這小模樣兒……」皇帝嘖嘖，又復哀傷，「怎麼臉上能刮半斤霜呢？看了就沒興致……你那娘子絕非常人，她抱塊冰睡覺都還比較暖和。」

「皇上自重。」三郎冷冷的回。

唉聲歎氣了一會兒，皇上無精打采的翻開奏摺，但他就是那種隱形的工作狂，不碰就不碰，一摸到就精力百倍，和三郎一面討論一面手揮目送，遇到意見分歧的地方，吵得面紅耳赤，勉強取得共識，又繼續往下一樁事邁進。

政德帝的確是個彆扭荒唐的。當初點了三郎為知事郎，也是有不利孺子之心……但三郎實在太冷，這個彆扭的皇帝又最恨用強。他喜歡慢慢拐哄上手，生冷不忌，男女沒差。

可這馮三郎，軟硬不吃，被輕薄了也只是抽出帕子漠然的抹抹，神色一些也不動。這真是沒趣透頂。

但拐著拐著，御史倒是迫不亟待的參了一本，言及馮家舊事。這個聰敏機智的皇帝冷笑一聲，把參本扔到馮三郎的桌上，「酒囊飯袋。自己家裡沒個丫頭？真要有什麼自己房裡事了了，會弄到祠堂去？馮家那些大老爺們也全是糊塗蟲！」

都拐這麼幾個月了，頭回看到冰冷的馮三郎變色。軟磨硬泡的，終於讓三郎開了口，雖然沒提及真相，光聽他那幾年經歷——雖然只是淡淡言及——政德帝感動了心腸。

後來發現三郎是個能臣，又同舟共濟了幾樁事兒，他也熄了那種風流心思。但他沒辦成的事情卻被傳得滿城風雨，激出政德帝的倔性兒，乾脆就真的袒護有加……總不能白背個虛名兒吧？皇帝我就是寵愛馮三郎怎麼了？

來！對咱叫板！

結果當面叫板的沒有，三郎也真成了他的臂膀。當皇帝應該富有天下吧？可憐他只有御書房這麼一畝三分地的清靜自在。

當皇帝應該後宮佳麗三千人風流快活吧？你試試身邊圍滿人盯著你怎麼辦事、辦多久，還記錄下來勒！從皇后到更衣，每個都跟死魚一樣躺著，矯揉造作，動不動就「臣妾惶恐」……他能讓皇后生個兒子叫做意志力過人好不？風流快活個屁啊！

他真膩煩透了無聊到極點的後宮，和只想著從他身上刮好處的百官。

結果能講話的，只有一個心如死灰的馮三郎……好啦，現在活了八九成。呿，還不是靠我給他討了個好老婆。

「你們馮家有啥希罕事兒？說來聽聽。」現在他的消遣就跟宮女小太監廝混廝混，和聽聽馮家那群白痴搞什麼笑。

「……也沒什麼。我家娘子把御賜棒槌懸到修身苑匾額上了。現在那些人都繞著走。」

政德帝拍案狂笑，還出了很多餿主意，一一被三郎冷靜的擊沉了。

起身要告退時，三郎遲疑了一下，「子繫有信來。」

皇上的笑容凝固住，粗聲粗氣，「不看！」

他輕輕的放下那封厚厚的信，躬身告退了。

跨過門檻，還聽到皇帝牢騷，「幹什麼啦，寫什麼信……都幾年了。唉……好想回南都啊……」

結果還不是在看信啊。這胡鬧荒唐，又彆扭到極點的皇帝。坦白說，論君臣，他願意為這個皇帝死。不是為了什麼忠孝節義……

而是因為，士為知己者死。

只是現在他輕易死不得了，他的心裡有了一個人，得小心翼翼的珍藏著。

皇上有些話說得倒是很對。他曾經大剌剌的說，「別想啥身後名了。昏君榜我有一份，佞臣傳也少不了你一名。低頭辦事吧，少想那些看不到的玩意兒。」

說不得得籌劃籌劃，讓這昏君活得長一點，使後世史官寫到手疲。

歸家時彩霞滿天，兩個跟班李大和吳銀騎著馬，跟在他的馬左右，低聲說著宮外候著時，和其他官僕閒磕牙時聽到的一些可能有用的消息。

雖然滿面疲憊，三郎還是滿意的點點頭。商家僕規矩是欠些，但八面玲瓏，能言善道。苻兒相人的眼光也是好的，就點了這兩個機靈又會看眼色能抓住重點的。還別說這些微末消息不重要，關鍵時刻，他和皇上才不至於真的抓瞎，能有個先手準備。

難得的是，不會怕他，恭謹中帶點熱乎。

他不知道的是，李大和吳銀當初被點來時委地是戰戰兢兢……他們以前是被培養著接班的專業長隨，手裡很有點武藝，跟著周老爺東奔西跑的。周老爺家財萬貫，看起來表面挺威風，身邊的人才知道有多艱辛繁難。

這兩個跟班年紀小小就看著周老爺對著官家打躬哈腰，連個官門管家都能鼻孔朝天來向老爺伸手拿錢，老爺努力賺錢，還得到處打點孝敬才能在京城站住腳……

憑什麼老爺辛苦賺錢給人當錢袋子沒個完，還得白受這些貪官汙吏的閒氣啊？

他們對官家帶點懼怕，和一種平民百姓的厭惡。

當人奴才，卻也沒有他們說不要的份。周老爺說讓他們出息了，可他們卻沒有覺得出息到哪去，反而忐忑不安比較多。

畢竟以前吃了太多官家的氣。

但跟了一陣子，卻覺得意外。他們倒是打熬一身挺能跟人套近乎稱兄道弟的本事，跟這些倨傲的官家僕處得極好。但別人家是誇耀自己官老爺收了多少孝敬，多麼吃得開，在皇上面前如何如何的多有臉面……

他們家姑爺，卻是個清官，大大的清官。家裡人不待見，過得緊巴巴的，卻對奴僕甚好，月錢不拖欠，三節有賞，四季衣裳是體面經穿的，吃得甚至只比主子次一點。有個頭疼腦熱，姑娘還親自來看，幾帖藥就好了，不要藥資，也不扣生病時的月錢。只要家規守得好了，就不用怕莫名其妙的挨板子吃鞭子。

那些官家僕有時會巴結他們，塞孝敬……畢竟姑爺是皇帝近臣嘛。但只要告訴姑爺或姑娘一聲，說明白了，那些錢就歸他們了，只吩咐嘴要嚴一點。

姑爺是冷，但得體不為難人。頭回他們習慣性的講了些聽來的閒話兒，等驚覺不是周老爺時，尷尬又恐懼得要命。姑爺只是朝他們點點頭，道了乏，讓他們繼續說。

用錢買的忠心、板子打出來的忠心，坦白說是一時的，隨時可能樹倒猢猻散。只有那種值得的主子給予看重照護，把人當一回事兒，才能得到真正的忠心。

李大和吳銀這樣善於察言觀色的滑頭商僕，真的是徹徹底底的服了、認主了。他們雖然來自民間商家，但絕對不是笨蛋。那些無聊的流言哪有可能？瞧瞧姑爺累的，若是只捧著皇上吃喝玩樂，哪能累成這樣？越能讓姑爺聽得認真的，是真的正經事兒，那神情，跟周老爺做大筆生意、打點大頭關係一模一樣。

所以他們小心翼翼的護著骨子裡都沁出疲憊的主子，不讓官道的人馬雜沓驚擾了他。

三郎哪裡會知道這兩個跟班準備死給他了，心底還盤算著幾樁不好辦的朝事。第一難辦，就是太后那邊的外戚。

坦白說，政德帝雙十年華登基，手頭上除了一班暗衛，散入民間原是潑皮無賴的雀兒衛，朝堂上幾乎是沒有根基的。

但軟的怕硬的，硬的怕橫的。政德帝不但是個橫的，還是個隨時打算甩手不幹的。所謂無欲則剛，人家皇上不想玩帝王心術，還不想當皇帝咧。太后也拿他沒輒……都二十歲，她就算想垂簾聽政也垂不起來啊！還不能拿孝壓皇帝，這個八歲離京，幾乎是陌生人的皇帝兒子就敢早朝也不上了，國事也不理了，乾脆來她宮裡端茶送水，捶腿捏肩，「孝」得把她噎瘋。

但三郎和皇帝都心知肚明，這也只是裝瘋賣傻的權宜。現在皇后有兒子了，只是還在襁褓中，養不養得大還不知道。太后才勉強吞了這口氣，卻賣力的扶持外戚。有實權、能垂簾聽政的太皇太后，比起跟皇帝兒子離心離德的太后舒服得多。

虎毒不食子這句話，不適用於皇室。

七品官其實沒資格班列早朝，他之所以晨起，倒是有不少時間在御書房範圍內的練武場和暗衛切磋，整理暗衛相關的刺探情報。就是給皇帝當耳目……必要的時候得當個防身的刀或盾。

馮府在眼前了。看起來富麗堂皇，儼然累代世家的氣魄。在他眼底，卻像隻陰森蹲伏的猛獸，擇人而噬。

默默的沿著圍牆，往修身苑的角門去。

蹲著看門的門子跳起來，一臉笑容的過來牽馬，小廝趕著跑著往二門通報。原本低沉的心緒漸漸緩和了，有幾分期待……看到拍著衣服上的麵粉，眼睛發亮的芷荇迎上來，滿足了。

「不說不讓妳下廚嗎？」握著這雙又是針眼又是薄繭的手，他輕聲呵斥。

「就燉個湯，看她們在做桃花丸子有趣，順手玩了下。」她不以為意，「累了吧？先換個衣服歇歇……」

「嗯，妳來。」他湊到芷荇耳邊低語。嫁給他這麼久了，還是飛紅得這麼快。

上上下下忙個不停，看到他都大聲喊「姑爺」。雖然有點畏怯但尊敬，沒有鄙夷、沒有輕視。

以前芷荇要他們改口，是三郎不讓。

他在家的時候不多，喊姑娘比較親。而他，也覺得當姑爺比當馮家三爺好得多。雖然心力交瘁到面無表情、瞳孔黯淡沉寂，但心口是暖的。

嬌小的荇兒繞著他轉，更衣擦臉，心漸漸的沉靜下來。把許多煩心的事都拋諸腦後。

奴僕有點粗手粗腳，擺飯時叮叮噹噹，吉祥罵人的聲音很低，如意就高多了。因為緊著住，下人的院子離他們近些，可以聽到笑聲、小孩子的哭鬧，談話，還有人興致很高的唱起小調。

其實聽不太清楚，模模糊糊的。但這些生氣勃勃的聲音，讓他覺得，這才是個家。

他倒在芷荇的懷裡，蹭了蹭。芷荇暗罵自己都嫁多久了還總臉紅，卻又覺得他累得可憐，輕輕的幫他捏著後頸，仔細的推拿穴道。

「太勞心了。」芷荇咕噥。

「為了我們倆，再勞心也該然的。」他懶洋洋的說，又往芷荇懷裡蹭了蹭。她愛乾淨，連胭脂水粉都不大喜歡。但衣上有淡淡的桃花香……說不定今天的桃花丸子是她自己上樹採的花。

後來吉祥來敲門，說湯燉好了。三郎才懶懶的起身，芷荇先喝了口，才一調羹一調羹的慢慢餵他。

娘子懂醫，他倒不覺得奇怪。荇兒提起亡母總是感傷懷念，事母甚孝。會去看醫書學著望聞問切，很合理。他不太想過問妻子的嫁妝，總覺得大丈夫所不當為，但荇兒有一屋子陪嫁的書，他草草瞥過，果不其然，當中有幾本醫書。

三郎不是很愛藥膳的味道。但他很享受娘子寵溺著的感覺，每一口的心意。

看著芷荇專心吹涼調羹裡的湯，溫潤的容顏。真奇怪，好像很久很久以前就認識她，一直在等著她來。明明成親還沒半年，卻覺得在一起已經天長地久，又好像是昨天才發生的事。

她就這麼帶著些許疑惑和寬容，然後心疼溫柔的走到他心底，眼睛是那麼乾淨。

「……幹嘛？」芷荇被看得不好意思，推了他一把。這毛病兒一直都沒改，老愛直勾勾的盯著人看。她是不好意思，但不小心撞見的丫頭往往會嚇得魂飛魄散發惡夢。

「妳餓不？不餓咱們哪兒散散去。」他起身。

一板一板的筋都是硬的，明明累得狠了，還散？但芷荇沒說破，「不如你來瞧瞧我陪嫁過來的書。很有幾本山水記事，我瞧著是不錯的。」

哪是不錯而已，簡直太好……雖然有點兒不習慣。芷荇說他們祖上傳下來就是這麼著，目錄都會附句讀表。

那天晚飯吃得很舒心，飯後的桃花丸子清甜可口。天暖了，改在羅漢榻閒散，他讀著遊記，抑揚頓挫，芷荇邊做著女紅邊聽，月華潤了她半邊臉。

哄了芷荇一個吻以後，悄悄的，三郎把遊記闔上。

原來，一直不懂的那個字「？」，是疑問的意思。難怪了……

我也走到她的心裡了吧？這麼沒有防備的。但他才不告訴別人這個小祕密，皇帝也別想知道。

他把芷荇抱進房裡時，暗暗的捎帶上那本遊記，塞在枕頭下。芷荇摟著他的脖子時，他模模糊糊的想。那個小書房雖然是有鎖的，太不牢靠。得仔細弄個細緻複雜的，窗戶也得掛鎖才行……

荇兒是我的。我要她安安心心、無憂無慮。他想。如他最大的夢想那樣……直到白髮蒼蒼，死亡都不能把他們分開。

身為皇上最「寵愛」的知事郎，調查皇室祕檔並不困難。仔細核對……果然如此。傅氏留宮的幾本手記殘本，就有參也參不透的奇怪文字……

那不是文字，是特有的句讀。他家娘子……果然是傅氏後人。

雖說真本藏在太祖皇帝的牌位處，但祕檔有存摹本。「一生一世一雙人？」那個「？」，是憤怒的疑惑和質問。

原來這是傅氏的真正心情，不是後人揣摩的承諾等等。

「怎麼突然在看這個？」皇上不知道幾時進來了，稀奇的湊上來看，順手摸了他的臉蛋。

「稟皇上，恍惚記得傅氏手札似乎有些見解能行，順手翻查了。」他面不改色，依舊漠然的抽出帕子擦擦。

皇上沒好氣的拿起那個摹本，瞧了半天，深深嘆了口氣。「我猜這勾兒，大概是揪著太祖皇帝罵吧。說起來，咱那祖宗威皇帝就是個蠢的。須知千軍易得，一將難求啊！這麼個能幫打下江山的紅顏知己，出得殿堂，貼得心肝。我求都求不到，威皇帝就能蠢個死人……但凡他堅持一下，立傅氏為孤后……我這倒楣的子孫也不會過得這麼痛苦，被後宮那些女人煩個賊死。」

三郎眉一皺，「皇上慎言。」

「慎你姥姥！」皇上忿忿不平，「我就這麼一畝三分地了！還不讓我喘氣？三郎我苦啊！你當我不想跟老婆好好過日子？我想啊，很想啊！我也想有個知冷著熱的人，最少有人陪我苦熬啊！不然我怎麼就讓皇后生了兒子？但那個卻只是『皇后』，不是我老婆！除了算計和算計，啥都沒有……你說這日子怎麼過啊？我的親兒子居然不能抱來逗逗……我苦啊！」

他沮喪得往桌上一趴，「好想回南都……這算什麼事兒？把我趕走了，給四哥清路……四哥死了，叫我回來就回來？我他姥姥的就是皇室養的一條狗！」

三郎默然無語。以前他都漠然的聽著，那時他覺得生無可戀，對什麼都提不起勁兒，只是麻木而理智的執行當有的義務。現在，卻頗有感觸。

以前皇上喝醉時曾說過，他小時候的確很頑皮。但引起先皇震怒，以至於把他趕去南都的「毀損國璽」事件，直到他被拖上皇位登基了，才第一次看到被磕了一角的玉璽。

太后真心疼愛寄望的，是嫡出的四皇子，並不是這個害她難產的十皇子。那個八歲的孩子，是懷著什麼樣的心情上路？聽說他到南都倒在床上病了一年……是真的病了嗎？玉璽那麼重要的東西，藏得縝密，一個孩子怎麼知道在哪裡？

難怪皇上會說和他很像。難怪皇上對整馮家那麼有興趣。難怪皇上會那麼惆悵的說，「我只希望有個看得到我，而不是看到皇上的人。」

皇上的沮喪讓趙公公急得團團轉兒，瞅著三郎，眼神透著哀求。趙公公貪財，很有些毛病兒。但三郎對他分外敬重。趙公公是唯一真正關心皇帝的人，當時還是皇后的太后想把趙公公給四皇子使，他卻磕頭哀求要跟形同棄子的十皇子走。

只因為十皇子是他扶持著長大的，那個頑皮的孩子讓他吃了不少苦頭，但那孩子卻把他當人看。他是個閹人、廢了。他也不敢把皇子當兒子看……但任何苦楚，他都願意先替那個孩子吃了。

一個這樣忠心的人，是值得敬重的。

三郎默默的倒了茶給皇上，開口道，「其實，有人是只看到您沒有看到皇上……」

「閉嘴。」皇上抬頭瞪他，「我說你們這些人想什麼呢？他小孩子家家的懂個屁啊?!快快把他從暗衛營給趕出去！就、就送到南都去好啦！給置辦點產業，快快低給他娶個老婆抱孩子……十五歲也差不多啦，去去去……」

「啟稟皇上，當初是您聖口親言由子繫自主前程。」三郎淡淡的說。

皇上先是瞠目結舌，然後惱羞成怒，猛一拍御案，「都沒事幹了是不？奏摺呢？」

「皇上，今日事簡，您已批完。」三郎依舊閒然。

越發惱羞的皇上，揪著三郎的領子，拖去練武場好好的打了一架。

三郎是少數真的敢摔皇帝的人，當然也被皇帝摔個不輕。不過都很自覺的不打臉，打了臉麻煩多多，這點分寸還是有的。

皇上的身手不比三郎差，打起來頗勢均力敵。打得高興了，這個基本上還算樂觀的皇帝轉頭就忘了鬱悶，甚至也沒攔知事郎的休沐日，讓他先走了，興致勃勃的叫其他暗衛陪他繼續練身手。

那天回家，哪裡瞞得過芷荇，心疼得直抽，一面準備著藥浴，低聲罵著，「慕容家就沒個好東西。」

「對練對練而已，那一位瘀青可沒比我少。」三郎心底暗笑，「明日我休沐……荇兒，我們得繼外祖甚多幫助，去拜望他老人家可好？」

芷荇訝異。人情往來這回事兒……基本上和三郎沒什麼關係。沒辦法，雖說三郎身為皇帝近臣，想巴結的人可多著。但既未分家，這帖只能投到馮府。馮老爺還想起復出仕呢，馮太太也不想淡出官家夫人的圈子。不管什麼帖，都不可能落到那對小夫妻手上。

請得是馮知事郎，來的卻是馮老爺或馮夫人，他們家的事，滿京皆知。別說能討什麼好，還怕馬屁拍在馬腿上呢。禮貌應酬有，真心結交則無。這也是馮老爺太太的一塊心病，更是厭恨這個不孝子。

三郎也深居簡出，為什麼突然想去拜見她也不太熟的繼外祖？不過的確麻煩了人家不少，去探探也是常理。

「我去差人投帖。」芷荇點頭。

「不，我親筆出帖。」三郎很慎重其事，「反正熱水還在燒，我先寫著，一會兒差人去投。」

芷荇幫著研墨，思索了一會兒，「那一位……五六年了，還無什根基？」

三郎挑了挑眉，傅氏後人如此靈慧……莫怪當年威皇帝錯失傅氏追悔終生。「現在不就在給他打根基嗎？那一位活得長久快活，咱們才能順順當當。」

天下可不是只有士大夫而已。

周老爺收到了帖，倒是吃了一驚，又憂又喜。

坦白說，當初他捨了個庶女去給刑部員外郎當繼室，雖然陪上異常豐厚的嫁妝，還是不很敢認作親戚，何況是岳婿？官商之別，宛如雲泥。他若拿不好這個度，也沒辦法在京城這塊地界兒站得住腳。

他那庶女美貌卻軟弱，他也沒抱多大指望。實在挑不出人了，他捨不得嫡女去吃這個苦楚，其他的樣貌都一般般。許大人要跟他結這個親事，主要也是奔著他這個貌美的庶女和豐厚嫁妝來的，嫁妝也就罷了，但庶女也是自己女兒啊！還是只能忍痛嫁出去，誰讓他們只是平民商戶惹不起？

讓他詫異的是，居然每年禮數不缺，滿像回事的。他那軟弱的女兒，居然有辦法在虎顧狼伺的官家後宅生下一個大胖兒子。打聽之下，居然是前夫人留下、小他女兒幾歲的嫡女一手扶持著站穩了腳跟。

這女孩兒不簡單。可惜攤上這麼個爹，一年年的把韶光給耽誤了。

結果老天還是有眼的，給了這麼個善心女孩兒一樁好婚事——雖然名聲是有些不好聽。到底比被拖磨成老姑婆好吧？民間觀感，對這個馮知事郎還是不錯的。閒話有些，但人家不欺男霸女，處事低調行動安靜，從不擾民。

跟太后那些侯啊伯啊的親戚比起來，皇帝近臣的馮知事郎真是太和藹可親了。

所以女兒求到他這兒來，說繼女有難處，想找幾房下人，他二話不說就把自己精心培養的幾房人給出去，就當送禮了。

結果這個女孩兒不但差人來把身價銀結清，還寫了封非常恭謹的信，自稱外孫女，將來還需要仰仗外祖父云云。

難得官家女兒這樣爽快有俠氣，樣樣公平正道的，絲毫不佔他一點便宜，還嚴謹的打了合同，樣樣照規矩來。幫了她一點小忙，她就能投桃報李的牽上趙公公這條線……要知道趙公公這種皇上真正的身邊人，不是光錢就能打動，非皇親國戚是牽不起的！

他做了一輩子生意，就沒腰桿這麼直過。這個實在不太敢攀的外孫女只寫信委婉的暗示別貪贓枉法，給外孫婿抹黑，就別無所求，大大的謝了他賞的幾房人實誠為主，還給他和老妻各送了一雙親手做的鞋。

在京城，風俗裡給長輩做鞋是小輩的心意，「鞋」音似「謝」，有謝親恩的意思在。等於是正式認下這門親戚了。

他是受寵若驚，老妻穿了連聲讚好。不管是不是親手做的，起碼是費了心思打聽了他們的尺寸——大約是跟女兒打聽的——這份心意就極難得了。

還在想著是不是早點把紅利送去，別等年底了——多個幾分也無所謂。家人來送信送禮，說到那對小夫妻過得緊巴巴的，馮家人極為吝刻，竟是薪餉全歸公中，月銀一分不見，知事郎朝外既不伸手也不收禮。只靠微薄祿田過活，姑娘勤儉持家，卻厚待下人，自己連根金釵也不曾戴。跟姑爺感情倒好，只是針線不離手。

聽得老妻眼眶都紅了，他也覺得甚是不忍。但跟貪官汙吏交道好打，這樣清貴持身甚嚴的官家親戚怎麼送錢反而為難。年輕人臉皮嫩，要怎麼不傷顏面的資助……卡著這個不尷不尬的繼外祖孫關係，真是萬般難作。

現在拿著這個帖，這當中怎麼拿捏，他既鬧頭疼又有幾分得意，心情真是複雜之極。

第二天，正是早飯過後一個時辰，外孫婿和外孫女登門拜訪了。

早聽說馮知事郎生得好，沒想到是這般好……就是冷面嚴肅些，稍嫌陰沉。許家嫡女倒是嬌小稚容，一派溫柔和氣，上前來就長揖深福[1]，口稱外祖父、外祖母，態度恭謹。

周老爺趕緊讓他們起身，心裡舒服很多。這兩孩子自己把「繼」這字給抹了，表示關係還想更深一層，臉上也放鬆，笑容和藹起來。周太太更親手把芷荇拉來細瞧……這手還真是作針線的。看她一身樸素，但繡工精細雅緻，和給她作的鞋是同個路數的……還真是官家小姐給她作鞋。

先是有點得意，卻又有些不好意思，看她頭面只有一根珍珠釵、一對珍珠耳墜，又覺得心疼。她待庶女自然不可能如自己生的那麼好，但也還算盡了禮數。可養在跟前十幾年，就是養隻貓也有感情了，何況是個大活人。這庶女的姨娘去得早，她比對其他庶女更憐些。當初那婚事周太太還不願意呢，奈何民怎與官鬥。

這憑空來的外孫女，卻幫了她那軟弱的庶女兒好些年，又幫了自家夫君好大的忙。明明是官家小姐，卻是這般恭順有禮，溫柔貞靜，越看越喜歡，趁著老爺領著外孫婿去

1：長揖深福：此時大燕風俗，忌諱給長輩跪拜。長揖是男子晚輩禮，就是腰極彎的揖禮。深福是女子晚輩禮，就是腿彎得接近蹲的福禮。

書房敘話，她也拉著這個剛出爐的外孫女到內宅，跟媳婦們顯擺去了。

雖然芷荇自認是最平常的傅氏嫡傳，但終究是把「禮」與「理」刻到骨頭裡去的傅氏後人。要玩轉幾個婦人，真是簡單容易。而且又長了一張騙人的溫潤孩兒臉，言語守禮又風趣，連心有妒恨或存心挑撥的繼舅娘，都能讓她呼嚨過去，只覺得她親近可人。

原以為他們是來訴艱難打秋風的，哪知道連根釵子都不肯收。逼急了，只期期艾艾的說了馮家規矩甚大，就欲言又止，只堅辭不已。

「外婆舅娘如此愛重，芷荇真是有愧。早該來拜見外婆外公和舅舅舅娘……只未出閣不能輕易出門，出嫁後又……」她無奈的笑笑，「但現在算是分灶了。這才上門認親……只望外婆舅娘不嫌我……夫君說我太獨了，要多跟人來往才好。」

周太太倒是聽出幾層意思來。那世家大族馮家長房，居然形同分家的分灶了……誰理他們啊！那長房除了外孫婿，就出個舉人……真是自廢臂膀。以前拘著不得出門，現在都分灶了，外孫女就能自由出門了。這個官家的外孫女，是願意跟他們多走動親近的。

而這個皇帝近臣的外孫婿呢，是個疼娘子的。怕她在家悶壞，帶出來走親戚的。

態度當然親暱很多，當場就拍定，過些時候踐春日，馥春銀樓的錢太太要辦別春宴，就要帶芷荇去。說到梳妝打扮，幾個女人精神都來了，七嘴八舌的，沒想到這樣樸素的官家小姐居然頗有見解，很能說在一塊兒。直到外孫婿要走了，差人來三催四請，這些外婆舅娘還捨不得放人。

周太太親自挽著她出去，低低的說，「是不是剛舅娘們在，所以……悄悄兒的，外婆與妳些……」

「外婆，不是的。」芷荇羞怯的笑笑，「……是夫君的意思。來拜望外婆外公，是要樸素端嚴些的。真要出門的衣裳首飾，也是有幾件。不敢丟外婆臉面。」

周太太拍了拍她的手，好感又多了幾分。這才是真正的官家小姐呢，知禮守分的。不拿身分壓人，給足人臉面。「俸祿都給了那邊，你們怎麼過？」言語就帶點寵溺的嗔怪。

「我們人口也少，能吃飽穿暖即可，芷荇不重那些。」她臉微紅了紅。

周太太心知肚明，也跟著一笑，攜手而出。那個比女子還漂亮的冷面外孫婿居然迎上來，又是一揖，看了外孫女一眼。

成親沒多久，還親熱著呢。

卻沒發現周老爺雖然也是笑著，但眼中出現了深思。

上了馬車，三郎和芷荇同時舒了一口氣，相對一眼，又笑出來。三郎將芷荇抱到膝上，皺了皺鼻，「好大一股香粉味兒。」

「還嫌？我都快被薰暈了。」芷荇回頭瞪了他一眼。時下婦女尚香，不但敷香粉戴香囊還在屋裡薰香。她都忍了，居然還敢嫌。

三郎暗笑，心底微微蕩漾。娘子大概不知道她這樣瞪人會有種嬌豔的媚態吧？幸好她是個守禮的……或說很會裝。這輩子大約除了他，誰也挨不到她的瞪。

「是，為夫的錯。」三郎摩挲著她的手指，自言自語似的，「真不該把妳拖下水。」

「什麼話啊？我是外人？」三郎就這點不好，心細如髮，這樣太傷，「你跟外祖父談得如何？」

「應該是明瞭了。但凡做大生意的，都有些賭性。那一位還年輕……另一位卻是老了。」

芷荇點點頭，偎在他懷裡。她也明白，這天下，並不是只有不待見皇帝的士大夫。皇帝至今還沒有自己的根基，現下是無可奈何……先皇晚年很是暴躁多疑，各皇子人人自危，到最後落得死得差不多了，還活著的幾乎是廢人，只剩下唯一的選擇。

若有其他選擇，這個太后不滿意、百官不待見的皇帝大概就要塌台了，說不定連命都保不住。皇帝沒了，三郎大概是第一個被弄死的。

但高傲的士大夫們，卻不會去注意四民之末，卻潛力無限的商戶。

事實上商家南來北往、交易有無，消息最是靈通便利。比起顢頇遲緩的官家，耳聰目明多了，皇上現在最需要的就是不被士大夫聯手蒙蔽，搶到先手，才能慢慢的伸張皇權。

但這等於是跟士大夫階層和太后對著幹，要把商家綁上皇帝這馬車，相對應的就必須付出點什麼。

皇上真的能給的，最不傷根本的，就是官爵虛銜。就算他沒收錢，士大夫還是會硬栽個昏君，來個買賣官爵。然後只能祈禱不要來個天災人禍，不然就會被寫得更難聽。

她和三郎就是這個引針穿線的亂臣賊子。三郎起了個頭，她得接力去串起商家勢力，幫著皇帝扶持起能與士大夫抗衡的根基。

不用提也知道，她會被抹得多黑。什麼禍國殃民、婦人干政……然後順手胡抹穢亂宮廷之類的……

這是個提著腦袋的買賣。但已經沒有退路。

「兩具棺材太孤單了。」三郎慢慢的開口，「我想還是一起，尋把火乾淨了了。妳中有我，我中有妳。」他有些歉意的摟緊芷荇，「我是狠心，硬要把妳拖著一起走。但沒了我……皇家饒妳，馮家也不會饒妳……除非妳答應我一定會逃。」

芷荇搖了搖頭，「這沒什麼狠不狠心，本來就該這樣。『逃』這種喪氣話，甭再提。誰沒能力逃？你不能？我不能？那一位不能？但為什麼不逃？就是風骨，就是顧念家族。即便我是個女子，也得站著死。我不能給死去的母親蒙羞。」

更不能讓歷代傅氏嫡傳的風骨塌了。

三郎默然無語，只是將她擁得更緊一點。

回到家兩個情緒都不太高，未來曖昧難明。前進一步不知道是柳暗花明，還是崖岸深淵。

但芷荇豁達的天性抬頭了，這其實是她與歷代傅氏嫡傳最大的不同。

傅氏嫡傳兩百餘年，但多半紅顏薄命。照理說身負驚世絕豔之博廣，又復通透機智，不應該如此。但所謂慧極必傷，明明知道外面有遼闊的世界，卻必須困在深院這樣狹小牢籠，無聊的內宅犄角之爭，反而是鬱鬱而終。

真應了「算盡機關太聰明，反算了卿卿性命。」

芷荇卻別開了一種豁達，凡事往好處想，硬要從絕路中找出生機。

「其實我相信我的運氣。」她樂觀的跟三郎說，「當初誰都爭著跟我說這門親事不好，事實上卻是十二萬分之好。瞧，我遇到你。反正也不會更壞了，不如大膽去做看看。說不定我們會兒孫滿堂，白髮蒼蒼還攜手相惜。同時閉了眼，同棺而眠。」

三郎定定的看她，想到那個捧著白綢倔強著眼神，說她不想沉塘的嬌小新娘。

輕輕舔吻著她的手指，三郎嗓音有些沙啞，「妳說得對。」

過幾天，芷荇打扮得堂皇明豔，帶著吉祥、如意去了母舅曾家，拜見了休沐中的大舅和大舅母，端莊鄭重，再三致謝，卻坐沒多久就告辭了。

雖然她送上來的禮端是貴重無比，皆是精緻絕倫足以傳家的翡翠和闐之類的頭面首飾，大舅母卻是忿忿不平。

「老爺和小叔們為她破了臉皮去爭，就這麼打發了？咱們家哪欠這麼點東西？難道曾家這樣門第，讓那個外甥婿站上一站還失了身分？太不識禮了！」

「別胡說！」曾家大舅斥責，眼中透出感傷，「這些都是我母親最愛的首飾，只是陪嫁給妹妹罷了。」

大舅母猶是要說，卻讓大舅爺止住了。「這是外甥女聰明之處……說不定是外甥婿的想法。外甥女不來謝恩，那是情理都站不住腳，畢竟鬧得滿城皆知。但這到底是皇上賜婚，不是我們與馮知事郎私下搭上親戚關係。若是馮知事郎來了，認了親，將來參他的本，我是聯名不聯名呢？未來他出點兒什麼事情，真有那麼個萬一……這些禮還能說是還給曾家的一點念想，牽連不到曾家。需知伴君如伴虎。」

這個身為御史的大舅爺還有些話沒說，但看夫人鬆了口氣、萬般慶幸的模樣，也不欲多言了。

他出身於累代官門，卻算是世家子弟中比較明白事理的那些。身在官場不得不隨和些，但不代表他會跟著諸相百官和皇上對著幹。

皇上現在才二十六歲，年輕有為。又不是皇宮裡養大那種諾諾的守成之君。太后那些個小心思……他搖了搖頭。

所謂不鳴則已，一鳴驚人。誰知道龍騰之際，朝堂上的腥風血雨會是怎樣的程度。外甥女這樣隱諱的暗示，將曾家撇出來了，已經是最貴重的回謝了。他打定主意，和兩個弟弟通通聲氣。總之，明哲保身，表面和光同塵可以，但別跟著摻和。

「可為難妳了。」那日三郎回來，見面就說了這句。

「大舅舅懂我的意思了。」芷荇安然的替他更衣，「哪是為難，這是保全。」舅舅們厚愛於她，能做的就是不管將來如何，首先保住母家安穩。

但三郎卻有些難過，就是跟了他，現在連母家的親戚都得暫時斷了。他對親情異常敏感，很知道在芷荇心中，三個舅舅的地位。

「又往壞處想去是不？」芷荇笑，「凡事徐徐圖之。總有個輕重緩急……不會永遠陰雨綿綿，晴空萬里的日子有得是。」

三郎無奈的淡笑，他的確是比較悲觀。但苻兒就算一時喪氣，或是發火，總是很快的過去。然後抬頭開開心心、鬥志昂揚，像是什麼也沒能把她難倒。

現在她兩三天就會去赴宴，和商戶太太們結交，人情往來。旁人能把關係打好不得罪人就很行了，她卻不只這些。總是能從隻字片語中擷取有用的情報，摘錄下來。畢竟商家婦不似官家裡外不通，有的太太還得幫丈夫打理產業。

但別人也就左耳進右耳出，苻兒就能不動聲色的聊出點東西，還能細細整理一份給他，見解條理分明，非常犀利。

應該是很忙碌才對，但看她好像沒什麼，家務依舊井井有條，談笑風生，像是多個幾倍事情也不夠她一辦似的。

終於有個好藉口，可以把她的小書房給鎖嚴了……畢竟她的這些記錄是不好傳出去的。

這麼精明幹練，但對他卻有點小迷糊，全無防備。但越了解她，卻又訝異。傅氏到底是用什麼規格傳女……

莫非是國母？

天氣漸漸熱了，現在他們閒散改在戶外長榻。仰望明星燦月，涼風徐徐。跟前人都讓他們散了，就只是對著臉躺著說些閒話。

「皇上有意把科舉改了……家世佔四，文才佔六。朝上吵得很。」三郎淡淡的說。

「唔，好得很。只是這樣還不夠吧？」芷荇有些想睡。天熱得很，好不容易夜涼。但吉祥、如意午覺都不讓她在樹下，三郎也不肯讓她在戶外長榻睡覺。

「哦？」三郎湊近她耳邊，輕輕咬她的耳垂。

「別鬧……」芷荇推了推，「在外面呢……光這樣不夠的，還得放寬了家世的甄別，才能收到遠族庶支的心腹。」

三郎伏在芷荇的頸窩笑了起來。

「我說錯了？我以為要雙管齊下……錯了就錯了，幹嘛笑我？我又不是當官的。」芷荇委屈了。

他不肯說為什麼笑，卻去吻她的脣，不讓她繼續問。

也許真的是國母標準的教養吧？但傅氏傳人，事實上也是慕容皇室的血脈。血緣隔這麼遠了，想法卻很接近。

字都一樣。

那個不像樣的皇帝，也說了差不多的但書。連「遠族庶支」、「雙管齊下」這幾個字都一模一樣。

貼著她的唇，三郎含糊不清的說，「妳對著我，真是有點兒傻。」

「哪有……別鬧了，這是外頭！」乘涼乘到這麼熱！

「好。」三郎把她橫抱起來，「咱們去可以鬧的地方鬧。」

「我自己可以走！而且熱死了……」這人怎麼這樣？表裡不一的！剛成親的時候跟塊冰似的，現在對外還是冷著臉，怎麼回家就這麼黏纏？也不看看在哪！

自己也是沒出息。臉紅什麼呀！都半年多了……

「等等妳會覺得熱得好呢。」三郎低聲，芷荇埋在他胸口就沒抬頭，只軟軟的捶了他兩下。

纏綿過後，三郎偎著她睡著了。和她胎裡帶點燥熱的體質不同，一旦睡熟，三郎真合了「冰肌玉骨，自清涼無汗」，聽起來很美女的形容。

但這不是好事。

她拉起紗被，將兩個人一起蓋住，看著三郎安穩的睡顏。其實再怎麼美，看久了也就這樣了。她倒寧可三郎醜些，但能身強體健，就算膩得她一身汗，也好過抱著睡挺舒服，但卻是個陰寒體質。

這是個內傷與心病勾聯，自相攻伐的結果。挨打沒好生調養，恐怕也凍餓過段時間，心底憋著一股冤氣，體質才變成這樣。

眼下是年紀輕又練武不輟，不外顯。但於子嗣上有礙。她推算調理，起碼也得四五年才行吧……

但她心寬的性子又抬頭，沒啥。什麼事情都得徐徐圖之，太急只會砸鍋，所謂吃緊弄破碗。她手下的事，也起碼要四五年才有成，到時候是生是死就有個底，跨得過那道檻，剛好生孩子。

快睡著的時候她模模糊糊的想，怎麼說都是為了自己的小家，可沒違了祖訓。鬼才想幫慕容家，一群狼心狗肺的。要不是三郎被皇帝拴著，誰管天下會不會被翻過去，關她們傅氏嫡傳什麼事兒。

雖然對慕容皇家抵觸，但該幹嘛就幹嘛，芷荇還是挺能分明白的。應酬些婦人，得到她要的情報和結果，對她來說真不是什麼難事。才幾個月，在京城商家婦圈子，馮夫人已經隱然有了領頭的味道兒。有跟夫君往來行商的巨商太太，都會設法見見這位頗有些傳奇色彩的馮夫人。

官夫人不是沒見過，只是這麼謙和溫柔的官夫人還真的少見。但一味的謙和溫柔，又怎麼能獨領風騷？當然是有見識、柔中帶剛，又能明是非、斷曲直。這些人精兒似的商家夫人有時也糊塗了，怎麼就能這麼服她呢？有什麼爭執，也是看她說和，有什麼難處，也是找她商量。

還別說，只要不是犯國法的大事，什麼麻煩都能拿出主意，斷事如神的解決了。京裡瓷器王家的獨子差點因為人命官司冤死，也是她出謀劃策，逮住真凶，把案子給翻了，保住這根獨苗。

真真轟動了整個商婦圈子，要不是她苦苦懇求，言及官身戰戰兢兢，不使外傳，早傳遍京城了。只是他們自己圈子咬耳朵相傳，王家把她看得跟菩薩一樣，只恨她太狷介，要不求什麼都給了。

芷荇就用一種潤地無聲的方式，悄悄的融入甚至統領了京城商家貴婦的交際圈。這對她來說嘛，還真沒什麼，說破不值一文錢。就是記性好些，能拎到重點而已。

要與人親和，再簡單不過。人嘛，總是對自己的事情比較有興趣，又往往忘記自己說過的話。順著就很容易摸清楚，讓人有知己之感。有了知己的感覺，說什麼都比較容易聽得進去。

婦人間的爭執，也不外乎那幾樣。兩邊順毛，完事。若是生意上的事情起勃谿，那也好辦。從來也沒有人能賺盡天下所有的錢，哪有把對方踩死就能賺光的？沒有嘛，總有個雙贏的辦法。

那個刑事案子更是破綻百出，完全浪費她的時間。也就是官府想草草結案，懶得細查，這才不得已的出手。

但入夏後她就用「苦夏」這個名義不再常出門。稀少才有珍貴的價值。既然達到她想要的效果，就要稍微煞住，冷上一冷。對太容易見到的人，新鮮感一過，就視為平常。

現在她偶爾應帖，才會讓人趨之如鶩。至於被哄傳得如鬼神般無所不能，只是三嘆無奈的副作用，忍了。

世家馮府不好入，但打發人來修身苑角門入內請安，倒是容易的。這些積年老僕看得更廣更深入，她的情報來源還是不會斷的。現在只有繼外祖那邊邀她才會出門……她對這門親戚看得很重。

據說，外祖父已經自願上了皇帝的馬車。說不得她得幫著添磚加瓦，幫著抬一抬繼外祖家的身價。

但夏天剛過完，八月初，她舒心的日子卻被打破了。

按說官吏三年一任，照大燕慣例，隔年八月初統一發佈考核升貶留任。三郎的上司就是皇帝，不用說也是優異，應該是往上提一品，六品議事郎才對。

但才吵輸了科舉的諸相百官心懷怨恨，又把馮家舊事提出來，吵了個沸沸騰騰，御史院聯名上奏請「除姦邪大逆、清君側」的參本。

別說升官，現在是吵著要把三郎砍頭了。

三郎是沒說什麼，但情緒低破表，已經到了能嚇哭小丫頭的地步。她已經很心疼心煩了，小心翼翼的哄著順著，不惜犧牲不怎麼樣的色相，勉強讓他情緒回溫一些……結果馮家那起子沒腦袋的居然跑來修身苑院門大吵大鬧，芷荇怎麼可能不怒？

「……由他們去吧。」三郎沉默了好一會兒，心灰道。

芷荇忍了忍，還是把茶碗一摔，怒氣沖沖的往外走，三郎喊了幾聲都沒回頭。就知道是那個沒腦袋的二嫂挑事兒，帶了一堆奴僕，和她的人鬥眼雞似的對峙。馮家除了庶出的大嫂在苦勸，其他人連個頭都沒冒。

「二嫂，您說累了沒？」芷荇氣極反笑，溫柔婉轉的問。

「妳這不要臉的女人！」二嫂的指頭差點戳到她臉上，「不要以為皇上指婚有什麼了不起，成天在外跑，跟一群下九流的商婦混成一堆，誰知道是不是去會野男人？跟你們家那個大逆不道，只會敗壞家風的東西一模一樣……若不是受你們拖累，公爹為什麼不能起復，我家二郎為什麼考不上進士？都是你們……」

別說世家豪族千金出身，嘴巴就乾淨。你想吧，越是世家，跟父母長輩在一起的時間多，還是跟奶娘下人在一起的時間多？你能奢望奶娘下人有多少修養多乾淨的嘴巴？

芷荇臉色一寒，「吉祥，讓人把御賜棒槌請下來。」

二嫂一噎，想想又覺得底氣足。她說的明明是實話。不是那個不孝大逆燒祠堂的敗家子，長房應該是馮家族長，公爹應該起復成副相……說不定還是宰相呢。她家夫君是嫡長子，若家風清白早就該是進士，現在不知道是什麼高官，她早該是誥命了。

而不是每次都讓人拿這說事，平白矮人一截。越想越委屈，罵得也越難聽。

吉祥已經讓人快手快腳的拿下御賜棒槌，捧給了芷荇。

提著棒槌，芷荇福了福禮，和藹可親的對著又拉又勸、滿頭大汗的大嫂說，「大嫂，您讓讓。誤傷您可不好了……當心肚子裡的孩子，頭三個月可要緊著。」

大嫂抬頭瞪她。這……她過門以後，就生了個女兒，四五年沒動靜。她月事也不是很準，所以這次遲了也沒放心上。他們庶出的只能看人臉色過活，婆母嘴巴說都一視同仁，才不關心他們的子嗣。雖然因此就夫妻倆相依為命，清靜許多，暗地裡還是會愧疚。

「找個大夫看看就知道了。大嫂，您讓讓。」芷荇拖著棒槌笑吟吟，「二嫂，您道個歉我也就算了，弟妹也不是這麼難說話的人。您沒事多燉個豬腦湯吃吃，才不能不受人哄騙。」

二嫂還想了一下才懂她意思，勃然大怒，「妳罵我笨?!死不要臉的臭婊子……」撲過來就要抓，卻噭的一聲大叫，手背挨了一棒槌。

芷荇無奈搖頭，氣喘吁吁故做嬌弱狀，「二嫂，這也是沒法子的。這是皇上旨意，上打不慈。弟妹只能奉旨打人了……」

手背都青了，嬌生慣養這麼大，父母不提，連夫君都沒捨得彈她一指甲，這惡毒小娼婦居然打起她來了！二嫂捧著手哭，回頭一望，大嫂已經退得老遠。她氣得發抖，呼喝奴僕，「給我打！打這不要臉的小娼婦！」

如意眼睛都紅了，「來人……」

「來什麼人？都給我站住。」芷荇冷言，結果所有修身苑的奴僕只能紅著眼捲袖子，硬生生站住。焦急的看著他們嬌弱的姑娘提著棒槌。

一個照面，對方就躺下兩個。尚有點糊塗時，結果跟姑爺有點像的馮家二爺到了，喝住馮家僕。

「夫君……」馮家二嫂哭喪著臉，提著瘀青的手背想告狀，結果被二郎搡到一旁，怒不可遏的看著自家夫君居然殷殷行禮，滿口的道不是。

芷荇作弱柳扶風貌，拖著棒槌。嘖，這混帳東西居然沒有從此不舉，這色心真是太堅強了。堅強到……居然還想來幫她提棒槌，趁機來個啥的。

二郎這是第三次見到芷荇，不禁一愣。印象中姿色尋常，結果幾個月不見，別出一種嫵媚嬌柔。大約是著了氣惱，兩頰霞暈，更豔三分，嬌喘微微，顰眉不語。心裡不覺騷動起來，恨不得一把摟來，卻只能強按捺住，道歉連連，藉口棒槌太重，要接過來。

芷荇難以察覺的後退兩步，剛好避開那混帳的觸碰。她現在很衝動，非常衝動……衝動得想舉起棒槌，結果了這個禍害，來個當頭棒喝。

這時候她就非常後悔，為什麼要把吉祥縱得那麼機靈，跑回去搬救兵，結果三郎來了。看起來是把她護在懷裡，事實上是含笑警告的看她一眼，護著那些罪該萬死的東西。

看起來很斯文，兩方兄弟相互致歉，各護著自己娘子回去。修身苑這邊的奴僕倒是很納悶，交頭接耳，據說二爺和姑爺是雙生子，怎麼會這麼不像……明明五官是像的啊……

當然不像啊。芷荇內心嘀咕著。居移氣，養移體，懂不？那種知錯不改只圖淫樂的混帳，能跟她夫君像她就鬱悶了。

她沒好氣的把棒槌給吉祥，「讓人掛回去。」

「遇到我的事，妳就這麼暴躁。」三郎嗔怪，拉她的手輕拍兩下。

「還能更暴躁呢……誰讓你來了？」她氣還沒消。

三郎輕笑，「我怕妳為了把他們全刨成薄片兒，傷了指甲。」

芷荇呸了一聲，氣終於消了，也跟著笑起來。

過了幾天，一份中秋禮莫名其妙的送到修身苑角門，只署名馬氏敬謝。打開來更摸不著頭緒，除了常規的瓜果月餅，還有對精巧的小虎香囊。

奇怪了，虎兒香囊是祝誦人一舉得子的，怎麼在節禮送這個。她是認識幾個馬氏太太，但她們出手不至於這麼樸素……

想了好一會兒，芷荇一拍腦袋，她真是昏頭了。馮家庶出大嫂不就姓馬麼？不是她自誇，醫者望聞問切，她這個「望」可以說十拿九準，很少出岔子的。果然是有了，這是份喜來著。

但這庶出大嫂不是個好當的。幹得好了，是嫡媳能幹，幹得不好了，就是庶媳無能。庶長子地位其實非常艱難，又是生母早早被賣掉，留子去母的，連著妻兒都得看人臉色度日。

瞧瞧，連送份謝禮都得避人耳目的送到修身苑角門……不過也是有良心的。

檢查一番，一切正常。留了些給三郎，其他的就分給下人了，沾點喜氣。

那天三郎回來，倒是拈著一片瓜發呆。芷荇推了推他，他苦笑一聲。「那年……被關起來的時候。常有人用荷葉偷包一團飯，或是幾個包子，塞在鐵欄杆。我一直不知道是誰。」

芷荇把瓜掰成一小塊一小塊的，慢慢餵三郎吃了。或許是冤屈難伸、痛苦莫名的過往吧。三郎雖然都不說，但很珍惜被寵溺的感覺。不敢要求，但寵溺他一點點，就會小心翼翼的接受，眉眼都舒展開來。

嫁給別人可能不用事事親為、扛起些她實在不感興趣的責任，也不會有遠慮近憂。她也很有把握不管是世家還是寒門，都能過得很好。夫婿哪怕侍妾無限，她都能管理得井井有條，生個六畜興旺她也能一碗水端平，還能更仔細的教養出下一代的傅氏嫡傳。

但她還是覺得嫁給三郎是最好的。伺候夫君嘛，該然的。但其他人會覺得理所當然，毫不在意……對三郎卻是很重要的大事。

最重要的是，他眼中只有她一個。真的，這樣就夠了。

就是心疼三郎，理解他的冤屈和不得已，所以她才忍住性子對馮家那群蠢貨。但馮二郎卻不斷的在挑起她的怒火。

修身苑她原本就沒打算打成鐵桶一塊……而是故意露點破綻。真潑水不進，馮家那些蠢貨不知道會做出什麼更出格的事情……那些破綻就是給他們打聽到她願意給的消息，和了解一下馮家到底想幹嘛。

自從那場大吵後，馮二郎動作越發頻繁，不斷的跟苑裡奴僕打聽關於她的事情，威脅利誘的想要跟她再次「巧遇」……讓她很後悔沒一棒槌結果了那個禍害，怒氣已經瀕臨爆發的底線，也引起她的警覺。

她是很明白這傢伙在做什麼白痴大夢……但意欲毒害自己親生兄弟已經該腰斬了。現在又不斷打聽她這個弟媳，又是要什麼花招？

……難道他還沒放棄那個愚蠢的白日夢？

仔細忖度，又讓人去仔細打聽馮二郎在外的行徑，居然人人稱道，一整個才氣縱橫，只是因為「某些緣故」仕途坎坷……表面工夫好得毫無破綻。她的心一寸寸的涼下來。

不得不說，他這打算倒是有幾分小聰明。她和三郎和順恩愛，於外人而言，極為孤僻的三郎，芷荇可說是最了解他的人。

深宅婦人無甚見識，萬一被二伯怎麼了，除了自尋條麻繩了事，也就是只能任人擺佈。若是能哄得了，說不定還能幫著李代桃僵。

這種恥辱，對個深宅婦人真是叫天天不應，叫地地不靈。若是家裡人眾手遮天……不是同流合污，就是困死閨牢。

如果她是尋常婦人的話。

果然，婆母沒事就把她叫去，表面和藹親善，還說什麼一家人沒什麼過不去的……但她還真不知道摻了迷藥、麻藥的飲食，是和藹親善的表示。

一次兩次，她忍了。三次四次，她忍了。終究忍無可忍，讓吉祥捧了棒槌，如意抱了隻豬仔，當婆母的面，把她殷殷相勸的茶灌到豬仔嘴裡，那豬仔立刻翻白眼暈過去。

她面無表情的福了福禮，「不知婆母尚有何見教？」

婆母愕然，只能裝傻，「有人這麼做兒媳的嗎？長者賜不敢辭都不懂？居然還拿去餵豬！豬和人吃的能一樣嗎？妳現在是在幹什麼？許家是這麼教養女兒的？」

「心領了。」她從吉祥手裡拎起棒槌，還沒怎麼呢，婆母就喊起救命了。

芷荇只覺心寒，把豬仔放在地上，然後又福禮，一言不發的離開了。

她越走越快，吉祥、如意只能小跑步的跟在後面，兩個人臉都發白。

「馮家送什麼東西來，通通擋了。」芷荇怒火中燒，冷冷的吩咐，「誰知道裡頭摻什麼。」

這件事讓修身苑譁然起來，看到馮家僕眼睛都是紅的。要不是姑娘下死命令不許傳，這麼歹毒的事情怎麼讓人忍得住？哪有婆母對自己兒媳下藥的？下藥以後到底是想幹嘛？結果雙方引起幾起鬥毆事件，還是吉祥去彈壓的。

芷荇的火氣真是被撩撥的越來越高，這是什麼毒蛇窩啊?!偏偏那是三郎的至親骨肉，打不得殺不得，甚至只能吞忍下來……馮家傳出醜聞，傷的還是三郎。

現在朝議好不容易平靜了點。實在不能讓馮家再出點什麼給三郎添累了。

她匆匆擦去眼角的淚珠，盡量讓自己平靜下來。她是覺得非常噁心，噁心到不行。但總不能讓三郎看出來。

他已經受夠了，受得太超過了。實在不忍心……在他傷痕累累的心上頭，再插上一刀。

三郎回來時雖然有點遲，她也裝得若無其事，但還是被察覺了。

「發生什麼事了？」他深沁著疲憊的容顏狐疑，按著不讓她更衣。

芷荇張了張口，幾經思量，她還是撿著三郎早晚會知道風聲的事情講了，「婆母最近常招我去。你知道我自己會醫，所以……察覺了飲食裡頭有些不對……」

三郎的臉一點一點的白了，連唇色都褪成櫻花白。瞳孔漸漸死寂，握著芷荇的手，卻微微顫抖。

能怎麼樣呢？把自己親生母親送官？

「……對不住，對不住。」三郎喃喃的，小小聲的說，痛苦莫名的將她抱在懷裡，「我對不住妳，竟是護不住妳周全……衝著我來就好了，就算要絕了我子嗣，也不該傷妳……」

芷荇顫著唇，還是咬牙不說了，只是反身抱住他。夠了夠了。她不是尋常婦人，處理得來。三郎誤解就誤解了吧……畢竟是親生母親，總不會想得太壞。但只揭這麼一小角，三郎已經受不住了。

夠了吧?!賊老天？放過三郎吧！她家夫君憑什麼這樣挫磨？

只是想到，若她不是傅氏嫡傳，很有一些防身本事……她忍不住打了個寒顫。

三郎只覺得心也跟著一顫。他被「孝悌」這兩個字壓斷了氣，現在累得荇兒也差點……「妳去外祖家住一陣子。」

芷荇苦笑，「三郎，你想休我？無端回娘家長住，你我名聲還要不要？」

雖然傅氏太祖奶奶對家族批評的一文不值，說，「『家』為蓋著屋頂圈養的豬，『族』為方寸之病疾，盡是些吃人的東西。」卻不得不從俗，根深柢固，家族觀念已深入骨血。

她對自己的本領很明白，要逃沒問題。但若族人眾議她該沉塘，她會力陳清白，但還是束手就縛領死。家族觀念高於一切，禮法有分。就算是冤也得冤得從容，不然亡母不得安寧的被遷離祖墳，她才真的是百死莫辭。

誰不是籠罩在家族的陰影之下，屏息靜氣生或死？但失了家族、族譜上除了名……從此就是孤魂野鬼，無根無底的人了。總要受盡人白眼，被視為不孝不悌之徒，在這尚義重氣的時代，會被眾人厭惡疏離。

這麼一來，對皇帝就沒有用了。

三郎鬆了手，溫順的讓芷荇更衣擦臉，淡淡的說傳膳。

等吉祥和如意帶著小丫頭來擺飯時，他語氣很冷的說，「吉祥。就傳我的話。奶奶笨拙，不堪服侍婆母，所以我不讓她過去了。若有話，讓母親傳我去說也是一樣。」

姑爺臉一陰，這仲秋時分似隆冬臘月，也跟著陰得颳雪珠子了。吉祥到底比較機靈，勉強壓住發寒，脆聲聲的應了是，把嚇得如抖篩的如意扯出去。

她沒看錯。這個人，願意幫她擋風遮雨，不是給她幾句甜言蜜語，或用孝道大義就打發的人。

心下鬆快，臉上就帶了笑出來。想想也真是庸人自擾，不過是一群沒腦子愚蠢又貪慕榮華富貴的東西，也能把她激成這樣……果然是太不穩重。

她原本就是樂觀豁達的性子，怒氣和煩心很快就能拋諸腦後。佈菜盛飯，又撿些聽來的趣聞與三郎說，勉強味同嚼蠟的三郎吞了一碗飯，甚至能引他的陰鬱稍微消散。

「……有個南都來的朱太太，說到當今的皇上笑個不停。當今是順王爺時著實是胡鬧，當了皇上已甚是收斂了……」

那位朱太太說得妙趣橫生，芷荇轉述時也笑得前俯後仰。

據說這個小王爺，九歲上最愛打架，還嚴令不讓侍衛上，自己捲袖子跟些潑皮無賴打。打輸了抹抹鼻血，回去纏著武教習不放，勤練惡練，回來找場子。一路打到十三四，一城的潑皮無賴竟讓他都打服了。

雖有貪色愛花的毛病兒，最愛站在街頭看人大姑娘、小媳婦兒，連那俊俏書生都逃不過他賊忒兮兮的眼睛……但也就看看，口裡花花，然後萬般惋惜的帶著大隊人馬去秦樓楚館眠花宿柳……最讓人忍俊不住的是，跟在後頭的是嚴肅端整的王爺侍衛，再後頭的卻是賊眉鼠目、鞋拉塌襪拉塌的潑皮無賴，稱得上南都一景。

其實麼，這樣尊貴的王爺不欺男霸女就已經很好了，偏偏這個荒唐的小王爺還特有古道熱腸的正義感。聽到什麼不平事，先使人查個頭尾，就去敲南都知府的鳴冤鼓，那鼓都讓他敲爛三個了，知府看到他就鬧頭痛，連參本都不知道怎麼參。

你說他干預民政？不。人家小王爺正經八百的遞狀紙，來申冤的。你說他囂張跋扈？不。人家客氣得連坐都不坐，自稱訟師，申冤來著。你說他糊塗興訟？不。人家有憑有據、有條有理，查得比他這個知府大人還仔細詳實。

這大燕諸律翻個底朝天，皇室規矩多多，卻查不到一條不准王爺當訟師的……倒有諸王體察封地的明文。南都知府除了暗歎倒楣能說什麼？別人是「三年清知府，十萬白花銀」，他這個南都知府特別的倒楣，清不得不清，銀子別想撈到一絲半點。

幾任南都知府有苦說不出，三年任滿，想盡辦法調走，只得王府贈路費銀一千。和其他懷裡抱美人手底撈銀子的知府相比，宛如雲泥……連小妾討太多都會有事，王爺問著呢，你那點俸祿怎麼供得起這麼多人口？

雖然是這樣貪花愛色不正經的小王爺，離開南都六年多了，南都百姓還是感念著，年年有父老派人不辭辛苦的來給皇上送新糧……當年的小王爺，現在的皇上，念得還是南都的一口米，想得還是南都的煙花相好……總要讓父老謁聖說說南都的事兒。

三郎心情果然好了一點兒，「那一位……就這麼著。不是壞人，但也不是好人。就他來說，找樂子就是大家開心，那作惡的就該哭著。而他一輩子最喜歡的就是找樂子。」

慕容家哪有什麼好的？芷荇嘀咕。她也明白，三郎口中常淡淡的嘲諷，可皇帝在他心中有不一般的分量。

不是為了大樹底下好乘涼……哪裡好乘涼了？而是在他最痛苦莫名的時候，皇帝扯了他一把……不管是什麼居心。

「嘖，」芷荇瞪他，「就這麼懂那一位？我酸得狠了。」

三郎終於笑出聲音，自己也很意外原本會糾纏很久的陰鬱這樣就消散得剩下一點淡淡的影子。

「其實，我最懂的是妳。」他擱下筷子，交叉著玉白的手指，「我知道妳最大的祕密……妳是傅氏後人。」

啪嗒一聲，芷荇五根指頭都插進了飯桌，臉孔白得跟雪一樣。

三郎大吃一驚，繞過來看，「傷著手沒有？」

……大哥，你應該先恐懼一下我怎麼有這麼犀利的鐵爪功，不是擔心我傷了手吧？但鐵爪功屬內家功夫，她是大驚過度超常發揮的使了出來，一鬆了勁，漲紅了臉卻拔不出來，又窘又驚，只是呆呆的看著三郎。

三郎好笑起來，找了皂胰子摻了水，小心翼翼的又抹又潤，才把芷荇的手從飯桌裡拔出來。

看她還是嚇呆了的樣子，三郎站著抱住還僵坐著的她，把她按在胸前，拍她的背輕聲笑起來，「妳對我，真是掏心掏肺的傻。」

芷荇還在滿腦袋跑轟雷，「你、你怎麼……」

「妳呀，對別人都戒心重重、防備有加，怎麼對我就沒有？」三郎無奈的低語，「妳也不想想，我是知事郎，皇上身邊的文臣。有沒有可能抄繕皇家祕檔，會不會瞧見呢？居然還把祖上留下來的書隨便我看……老實講，還有誰看了？」

芷荇渾渾噩噩的搖了搖頭，這才醒神過來了，緊張的抓著三郎，「你、你可……我娘傳給我後，除了你我可沒給任何人知道了！」

果然。三郎嘆氣，取了藥膏，輕輕揉著她有點紅腫的手指，「妳這樣信我……我都不知道該說什麼好。我可得把妳藏緊。」

「……別讓那狗皇帝知道。他們不是什麼好東西……」芷荇的眼淚大滴大滴的掉下來。

「怎麼可能？我還怕他惦記我們女兒。太祖皇帝留了遺命，要扶持傅氏後人登后位。」

「誰希罕？」芷荇忿忿的罵，「那違諾薄倖的小人！患難時許什麼一生一世一雙人，太祖奶奶幫他把天下打下來了，富貴時什麼都忘了……沒把天下翻過去，是太祖奶奶念舊情……」

越說越傷心。傅氏嫡傳一代代崇仰著那個了不起的太祖奶奶。想想這樣一個沒有她就沒有大燕，理應半分天下的巾幗紅顏，大著肚子從宮中傷怒而走，居然掙下偌大產業，獨自撫養女兒，開啟了傅氏嫡傳。

但這樣傳奇的人物，到死猶自忿恨那個薄倖的慕容沖，眼都不肯閉。

代代嫡傳，苦楚極多而喜樂甚少，紅妝血淚，盡付閨閣中。

謹慎的敲門聲，如意侷促的問，「姑娘？姑爺？可要上茶了？」她撥開吉祥拚命拽她袖子的手。隱隱約約聽到哭聲，她擔憂了。姑娘可是受了大委屈……姑爺怎麼不好生哄著點，還讓她哭成這樣……要知道姑娘軟和的只有一張臉皮，骨子裡比男子漢還剛強。

「瞅瞅，妳忠心的丫頭呢。」三郎輕聲，幫她拭了淚痕，穩聲道，「進來收拾下，就上茶吧。」

如意應了聲，趕緊帶著小丫頭收拾了，上了茶。正在研究桌子怎麼多了五個洞，已經被吉祥拽了又拽。

對喔，什麼洞不重要。姑娘背著他們抹淚才是大事。「姑、姑爺，奴婢多句嘴兒。咱們姑娘今天委屈得很了……別太招她難過。人說怒傷肝、憂傷肺，這時氣又不太穩……」

「妳這是多句嘴兒而已麼？」吉祥終於跺了她一腳，拉著她告退了，一路還小聲的拌嘴，都把芷荇氣笑了。

「一個憨得什麼似的，一個鬼得要命。」她咕噥。

「還是有人疼有人顧念的呢。」三郎將茶碗捧給她，「生怕我欺負了妳。」

「我還不疼你麼？」芷荇吸了吸鼻子，有點賭氣的捧著茶喝。

「眼前是疼的……我敢說就算我納了妾室，妳也會對我好。」三郎拍著嗆咳不已的芷荇，「喝慢點，誰跟妳搶？但我若負了妳，我的荇兒就沒有了，只剩下『馮夫人』。」

這個夫君太聰明也是麻煩事兒啊……什麼都難瞞住，剛就差點害她嗆死。

「馮夫人不好嗎？得體。」她不太想提這事兒。

三郎湊在她耳邊輕語，「但我只喜歡荇兒。」

他滿足的看著芷荇的耳朵慢慢的粉紅，嫩嫩的臉頰比塗了胭脂還豔。雖然想過很多次，他還是忍不住問了，「為什麼信我？」

芷荇沉默了很久，「其實吧，就算不是我，別個姑娘嫁給你，只要對你好些，聰明點，不偏聽偏信，寬容些，願意了解你……」她數了好一會兒，「你也會待她很好的。」

……要這麼多優點集一身的姑娘，也就這麼個精明能幹只對著他傻憨的荇兒。三郎有些啼笑皆非的想。

「可你想要的很簡單，卻誰也不給你。剛好在你什麼都沒有的時候，我嫁給你了。你待我很好，所以我信你了。」就算將來他什麼都有了，信不得了，最少她還有過好時光。

三郎將她抱到膝上，習慣性的摩挲她的指頭，明明跟她說儘夠用了，她還是得閒就針線不離手。

「……有段時間，我對女子敬而遠之。」三郎慢慢的開口，「看到姑娘對我笑，我耳邊只迴響著姨娘罵過的話。她說她不是貓狗玩意兒，她不恨我娘。因為……我娘也是被我爹弄來的，身分高點也沒好哪去。真正糟踐她一生的，是我爹。」

三郎的聲音嘶啞了，「把那麼多女人弄來，她們也是人，但她們的未來根本就不由得自己。姨娘說……她巴不得趕緊死。要不是爹還捏著她家性命，她就一條麻繩自了了……

我辦不到。我承受不起那麼多人的人生。對不住，苻兒，我累妳了。我連累妳一生……但讓我只累妳一個吧……」

他的聲音，很疲倦，很憂傷。這算是承諾和解釋吧……但依舊浸著秋月似的愁緒。

「我還擔心你太聰明呢……結果還是傻子一個。」芷苻輕笑一聲，「算了，不跟你計較。你不是女人，當然不知道女人最想要的是啥。你這輩子呢，只能連累我一個。君子一諾千金，你可別將來後悔。」

三郎淡淡的笑了。舒出一口鬱結很深的氣。他以前不相信什麼解語花，現在終於懂了……解語又解憂。

「我替慕容皇室辦事，但我不姓慕容，也習不來太祖皇帝的風範。」三郎答道。

芷荇滿意了。為了犒賞夫君，她難得主動……雖然還是讓三郎化被動為主動了，翻來覆去的折騰，光折騰還不夠，三郎還悄聲告訴她，偷翻了皇帝珍藏的春宮畫冊，得以照本宣科一番，羞得她咬了三郎好幾口，卻似火上加油。

她腰疼，但死也不讓三郎揉腰了……越揉越糟糕，總揉到不該揉的地方。

那天她真爬不起來，讓三郎又哄睡了。頭回沒能起身服侍夫君，睡到日上三竿。醒來發現床頭小几放了一個素瓷花碗，放著一片荇葉，一小朵一小朵的白花盛開，漂蕩在乾淨的水上頭。

如意嘮叨著，「姑爺天剛亮就跑出去，採了這片水蓮葉不知道要幹嘛，又不是要吃的，還特特的要人翻出這個素瓷花碗，給他添水還不要，自己去井裡打水供起來……雖說入秋了，但真想送花，也還有些晚蓮吧？這花又小又不漂亮……」

懶懶得依在床上，她注視著荇葉白花，眼神卻越來越溫柔。

在她眼中，這就是世界上最美麗的花。

* * *

芷荇這心寬的主倒是把事情擱下了，但修身苑的人卻不幹了。

雖說處的時間不算長，但這是個尚義重氣的時代，人還是有血性的。這些商家僕滑溜歸滑溜，但也分得清是非好歹。

見過惡婆婆，沒見過給媳婦兒下藥的惡毒婆婆！打罵就讓人說閒話了，餓著媳婦就給人非議了……真沒想到堂堂世家，連傷天害理的下藥都出了！謀害的還是他們主家溫柔和氣的姑娘！

大燕尚武，手上沒點把式怎麼好跟著跑江湖？有幾個老人是跟著行商千里的，見多識廣。跟養尊處優的世家僕可不同，勇悍許多，花樣呢，當然也更多。

既然姑爺都發話了，好，大好！

修身苑所有跟馮家的院門角門，能鎖的上鎖，不能鎖的拉了拒馬掛鈴鐺，誰敢越雷池一步，篩鑼敲鼓，齊喊捉賊，大大小小拿起長棍子就準備上前賞頓打了。

芷荇看這陣仗，險些沒笑歪。雖然實在不成個體統，她不但沒攔，還上下都賞了錢，冬衣多發一套。

這種自動護主的行為是該賞的。

每天聽吉祥、如意往回報，她都得大笑一通。婆母差人來搬拒馬，被亂打回去了。丫頭嬤嬤來請，也就棍子敲敲拒馬，還沒怎麼呢，轉身飛也似的逃了。家裡人被使了一遍，除了對懷孕的大嫂客氣點，誰來都冷著臉扛著棍子宣一遍姑爺說的話。

太太又急又氣，砸了幾個杯子茶碗。當初她就覺得二郎這主意不妥，很不妥。但耐不住他軟磨硬泡，分析得天衣無縫。又不是要傷她性命，也不是真的要把她怎麼了……就是做做樣子，讓她以為自己失了名節，好拿捏她罷了。

讓二郎去假扮三郎……也是沒法兒的事。自己的兒，再不孝，會害他嗎？頂多讓他乖乖待在家裡，別往外頭去罷了……最多也是病一場的事。

二郎那麼機靈，那麼聰明，探花郎就該是他，被皇上相中的也該是他。本來就該是二郎出息，二郎出息了會帶攜家裡……當官哪有不升官發財的？給三郎那木頭出息有什麼用？

說來說去，還不是要怪三郎？翅膀硬了，就可以不孝了？明明就是他說句話的事情……為什麼不幫老爺？那可是他親爹！不言語就不知道了？明明他就是恨著怨著。老爺也沒怎麼了，就是站隊早了點，站錯了而已。

不然哪有四十不到就告老的？

先皇在的時候，只能忍了，把希望放在兒子身上。誰知道她從人人奉承的二品夫人跌下來有多疼有多憋悶？這種日子哪裡是好受的？當今登基了，三郎都成了皇帝近臣……為什麼就不能幫他爹施把力？

她盼老爺復官盼了十幾年了……三郎就死死揪著當年的一個錯處，死死的跟她堵。若不是她絕望了、惱火了，怎麼會應了二郎？現在壞事了，那個小娼婦就擱了隻豬仔打她的臉……

又怕又恨，但這事情傳出去她真的毀了。誰家太太夫人還願意跟她走動？她都願意低聲下氣軟和了……那小娼婦居然油鹽不進，縱那些刁僕下她面子！

她想怨二郎，但二郎又流淚跪著跟她賠不是，說來說去，他還不是為了這個家？嫡長還是二郎，她後半輩子還是得靠這個貼心的兒，讓她怎麼狠責得下去？

何況事已至此，說什麼都沒用了。她像是回到那些年提心弔膽的日子，一點風吹草動就心驚膽顫。

她不敢承認自己後悔過，從前不敢，現在還是不敢。若是承認了……有什麼用？只能閉著眼睛一條路走到底了。

三郎那時候死了就好了……偶爾這樣的想法會飄過她的心中，只是飛快的抹去。

誰懂她心底泡著黃連，就泡了這麼多年？

芷荇並不知道太太內心想些什麼……即使知道也不感興趣。優柔寡斷、拖泥帶水的深閨婦人……她見多了。許家後院一票姨娘都這種貨色，她早疲了。

秋高氣爽，也該是時候應帖，到商家貴婦圈子走動走動……不然冬天雪深，出來討苦楚？

果然跟這些俐落的商家夫人相處有趣些。至於馮家太太抹黑她什麼，交際圈不同，耳不聞心不煩。大抵不過是她不孝不賢之類的，用膝蓋想也知道，何必自找不快活？

有種就讓三郎出妻，其他就免來煩她了。

今天是赴大糧商史家的賞菊宴，她有些時候沒出門，幾個相熟的太太驚喜，圍著談笑。

原來今年所謂的黃河潰堤災情不嚴重啊……那大把的賑災銀子去哪了？她嫣然一笑，暗暗記下這筆。

可惜來不及細問，史太太就過來招呼了，沒能深入打聽。應酬說笑了會兒，結果有個太太挑了挑眉，「今天有沒有榮幸見到新出爐的花魁娘子？聽說舞起來有天魔之姿，也賞我們瞧瞧？」

眾太太轟笑起來，史太太笑罵一聲，「美死妳！不知道我家老爺給了個大院子，連我都踏不進去，何況使得動她呢。」

今秋花魁娘子原來落到史家？芷荇只是淡笑，當樁趣聞聽聽。

大燕傳到如今已有兩百餘年，漸漸重文輕武，別出富貴風流氣象。洛陽瘋牡丹，京城賽花魁。文人在煙花處詩詞應酬引為雅事，秋月賽花魁更是轟動全城。哪家若納了花魁娘子為妾頗可說道……起碼這個身價錢，那真是分量十足。

只是煙花中的狀元，花魁娘子，也不是錢就能打動的。之前也就些權貴公卿能讓花魁娘子點頭，沒想到會願做商家妾。

這史家也不簡單了。

瓷器王家太太湊到她身邊，神祕兮兮的說，「覺得奇了？」

「有那麼點兒。」芷荇笑笑。

「那花魁娘子是個聰明的……」她聲音更低，「史家可是搭上賣軍糧這條線兒。那花魁娘子消息靈通呢……可妳以後別和史太太走太近。禮數上敬著就是。」

「賣軍糧有什麼稀奇？史家就是賣糧食的。」她頗感興趣的問，「姐姐教我。」

「還姐姐，我被妳救的兒跟妳沒差幾歲！」王太太啐了口，拿著團扇掩笑，低聲說，「不是把糧食賣軍裡……而是把軍糧庫的掏出來賣了……好好生意不做，搭了這樣不正經的路。妳是官身，別個哪肯告訴妳！」

芷荇掩口，「……這可是……」

「噓，是給妳個警惕，別嚷嚷。喏，那幾個，妳不瞧別人就面子上過得去？販銅的、賣私鹽的……」王太太語氣轉埋怨，「早知道史家搭了這麼不正經的路，說什麼我也不來了……結果一些提著腦袋賺錢的也來，蛇鼠一窩。」

賣軍糧。天。芷荇悄悄的握緊了團扇。這北邊不安寧，武將權勢日輕。已經聽聞有虛報軍口吃空餉的……沒想到預備為軍糧的軍糧庫都被掏了……

萬一有戰事，拿什麼打仗？餓著肚子去？

她還在梳理情報，結果來了個道婆打斷，偏偏這些太太很有興趣，都去聽道詞兒觀神通了。

拜託，三姑六婆之輩，有什麼好相與的？講些因果報應的故事兒，神通漏洞百出。真愛看這款的，我還能耍弄得更好看些。芷荇腹誹，卻只能一派溫柔平靜的坐著，全當耍猴戲了。

好不容易等那道婆裝神弄鬼完，一杯杯呈上供奉的三清酒，她不好與眾不同，只能隨賞香油錢，接了三清酒。

這酒……不對勁。

她輕沾了下，好傢伙，居然是種緩慢發作的蒙汗藥。這倒精巧，酒宴中也不覺，只以為自己喝高了。

芷荇稍微遲疑了下，那道婆一臉慈眉善目，和藹的勸酒，說是能得子。同桌的太太也跟著起鬨，畢竟子嗣才是大事。跟她交好的反而比她還急，總說她處境已經艱難，還是趕緊生個兒子才有依靠。

她也笑笑，一飲而盡，亮了亮杯底，大夥兒都笑了起來，那道婆笑得特別開懷。

喝是喝了……都喝到衣袖裡，只是誰也看不穿。就說她來裝神弄鬼比天師還厲害了，何況個區區道婆。

只是她不太懂，這麼設計她所為何來，想一查究竟罷了。

她一面談笑，一面偷偷留意。早撤了酒席，相熟的夫人三三兩兩的逛園子說話，丫頭來去伺候酒水茶飲。

只有那道婆時不時的瞟著她，眼中的神情越來越期待。算著差不多的時間，她扶額，「貪杯了。」

王太太訝異，「沒見妳喝幾杯，怎麼就醉了？」

「也沒什麼，就有點頭暈。」

此時一個丫頭陪笑，「太太有備客房呢，這位夫人隨奴婢去歇會兒？」

這也是宴席慣例，王太太也沒起疑，問了問需不需要相陪，芷荇推辭，扶著丫頭的手去了。

結果穿過一片竹林曲徑，赫然那個道婆出現，笑吟吟的扶住芷荇的另一隻胳臂。

大概是時候該暈了吧？她索性一軟，踉踉蹌蹌的讓丫頭和道婆將她扶到一個精巧雅緻的兩進院子，進屋將她摻上床。

相對一笑，丫頭和道婆轉身要走，後頸一痛，連叫都沒叫一聲就倒了。

我是那麼容易算計的？芷荇瞳孔閃過寒光。蹲下搜身，丫頭倒沒什麼……就多兩個金錁子，不理會。道婆精彩多了，亂七八糟的藥一堆，讓她一陣好認。

當中特別大包的是春藥，細細的磨了粉。裡頭還有「仙失途」……一種不怎麼常用的藥，會引起飄然幻覺，多用會上癮的。

結果這不是吃的，而是沾些就讓烈婦變蕩婦。

這床麼，也不小。大概睡個四五個人還寬敞。瞧瞧這道婆，五十不足，四十有餘。丫頭大概被收用過了，眉頭已散。行，所謂以彼之道還諸彼身。咱不忍得拿毒藥餵人，有害天和。愛樂讓你們好好樂樂。

她把暈過去的道婆和丫頭都扔床上了，屏著氣息把一大包春藥從床帳到床都撒了個均勻。

剛做完手腳，就聽得窗外一男一女爭吵的聲音。

「我偏要看看是怎樣的美人兒讓你這麼念念不忘。」女子大發嬌嗔，「哄著我擔了這麼大的干係……你這狠心短命的。」

「好好好，妳看妳看。」男子的聲音果然如她所料，「小妖精，中了花魁娘子心就大了。我才慢一步，妳就許了史家，是誰狠心？」

她躲在屏風後，看著二郎和一個清雅無儔，宛如飛仙的女子走進來。

果然有些美人兒還是不開口的好。

等他們一撩床帳，藥力發作的時候，她就悄悄兒的走了。大被同眠，以一敵三。希望馮家二爺不要榨出點毛病才好。

之後她悄然無聲的繞過竹林，若無其事般跟史家太太告辭。端詳熱情挽留的史太太……看起來是一無所知。

她暗暗鬆口氣，還是婉拒推說酒乏了，和幾個相知的太太夫人辭去。

上了馬車，她將團扇放在一旁，閉上眼睛，攏著袖。吉祥、如意以為她真乏了，小心的給她蓋上薄毯，壓低聲音聊天。太太們聚宴，她們這些貼身伺候的也被邀去旁開席面，所以並不知道剛發生了什麼事情。

不知道也好。兩個手無縛雞之力的小女孩兒，又不頂什麼事……但是芷荇的手，在袖裡輕輕抖了起來，不咬緊牙關，恐會發出顫聲。

她終究還是疏忽了，沒注意到這個脈絡。馮二郎馮訹，到底有舉子功名，容貌更勝於馮知事，有「芝桂玉郎」之稱，端地是才子風流。秦樓楚館紅袖招，和那些煙花女子有往來不是什麼希罕事，特別是那些才色出眾的。

偏偏這些才色出眾的往往成了官家姬侍或商家妾，在大燕非常尋常。

卻沒想這些煙花女子之前周旋於權貴才子中，自有一套交情。

她竟沒算到這一步。

再往深想去，更是一陣陣的發冷恐懼與忿恨。這道婆如此行事嫻熟，恐怕不是第一回。她不敢想有多少無辜女子受害了去。天下之大無奇不有，幸好幾次遇事，都是她認得的……萬一有她不認得的呢？

千防萬防，只要有那麼一次她不認得了……後果她真不敢想。

長到這麼大，她第一次如此無助徬徨。第一次發現，面對真正蛇蠍詭計，她還是太淺。

疲累一點點的侵骨，然後浸透。害怕慢慢的湧上來，真的很害怕。她害怕自己失了本心，真的去殺人了。

但苦苦思索，除了結果了那個禍根，她竟沒有其他一勞永逸的辦法。

待二郎清醒過來，已經殆欲斃然，私處疼痛難當，連爬起身都沒力氣，還有三個女人迷迷糊糊的扯著他。

這春藥雖烈，但時效不長。一看三個女人，就沒有一個是芷荇，他深明著了人家的道兒了，不禁大驚失色，擺脫了那三個女人，胡亂的穿上衣服，踉踉蹌蹌、連滾帶爬的跑了。

小廝來接應他，他心神不定，不知道是否被識破，更不知原本買通的後門是否安全，最後是鑽狗洞逃了。

回家說病了，沐浴時只讓小廝伺候，全身軟得跟爛麵條一樣，那話兒更是脫皮紅腫，痛得鑽心撓肺。他想不通被誰暗算，又想到百般算計，居然沒把芷荇弄到手，更是愛一陣狠一陣，只恨身軟無力。

若說他最初算計弟媳是功利性的，現在算計倒轉成了功能性。芷荇過年堪堪十九，尚未生養。又和三郎琴瑟和鳴，輕憐蜜愛，如蒙雨露滋潤，最是嬌豔盛開時期。

所謂妻不如妾，妾不如偷，偷不如偷不著。他這樣不依不饒的百般算計，就是「偷不著」。他只要想到芷荇那含瞋薄怒的俏模樣，就覺得心癢難搔，恨不得立馬弄來折騰個夠，可惜現在心有餘而力不足。只覺得被榨得五臟六腑都掏乾淨了，昏死在床上。

他一昏死，上下都鬧了起來，請大夫的請大夫，忙亂的忙亂，太太更是抱著他一聲聲兒啊肉啊的哭喚，完全亂成一團。

這端馮家大亂，修身苑倒安安靜靜，該幹嘛就幹嘛。唯一覺得異樣的只有吉祥，因為姑娘不像以往聽他們在眾奴僕間的閒話，而是攤手去了小書房。只讓送了茶，天擦黑了也說不餓，讓他們先吃去，連馮家大亂的事情都只得到一聲冷淡的「嗯」。

小書房可是家裡重地，輕易不能停留的。吉祥雖然滿肚疑惑，還是走開了，只提醒守門的小丫頭警醒些，姑娘要茶要水別推耳聾。

芷荇現在倒是挺慶幸吉祥那麼鬼，連如意都沒讓來添亂。她現在心煩得很，已經揉了好幾張紙，枯坐半天，好容易才平靜下來，把該寫的寫一寫。但寫到「當絕淫祠」……還是手顫了顫，滴了一點墨。

她煩躁的擱筆，無心騰抄，胡亂的擦了擦手，仔細的在架上找書。找到專述毒藥暨解毒的那一本，她卻一個字都沒看進去。

萬一……出了典籍記載外的迷藥麻藥，她該怎麼辦？稍微寧定了點，也不怎麼辦，大不了配副讓那混帳終生不舉的藥。不用踰越那道不可以的檻，她還能繃住傅氏嫡傳的尊嚴。

她苦笑了一下。舉不舉不是重點，就算只是被輕薄個遍，她跳黃河也洗不清。太太都能幫著下藥了，還有什麼做不出來的。

捧著頭，她疲倦的坐著。聽到了三郎的腳步聲，開門，走到她身後，搭著她的肩。她卻一點都不想動。

深深吸了口氣，「坐吧。」她把今天整理出來的記錄遞給坐在她身邊的三郎，「這是最後一次了。我不能幫皇帝做事了。」她決定深居簡出，做最消極的防範。

三郎一目十行的看過，在「當絕淫祠」定了定睛，「發生什麼事了？」

瞞不住了。再瞞下去……愚蠢的不可怕，可怕的是愚蠢的瘋子。

誰知道他們會做出什麼……三郎搞不好莫名其妙的丟了命。

她平鋪直敘，盡量冷靜的說了二郎的企圖和所作所為。三郎沉默的聽著，臉色越來越陰沉，瞳孔卻亮得出奇，一燈如豆下，像是染了青火。

「妳為什麼不早點告訴我？」三郎第一次對她吼。

「告訴你又能怎麼樣?!」已經煩躁到極點的芷荇也吼回去。

是啊，又能怎麼樣？他被壓到斷氣了，現在他的妻也快被圖謀到斷氣了。

三郎一言不發的開門出去，芷荇的眼淚大滴大滴的掉下來。

我們吵架了。然後他就這麼走了。壓抑住哭聲，她掩著面啜泣起來，覺得心很痛很痛。

好像很熟悉，但又很陌生。明明是他生活了二十幾年的家。

只有樹梢的月一如既往，沉默的、冷淡的俯瞰著。什麼都看到了，卻也什麼都不言語。

馮家上下已經亂到累了，老爺太太回去休息，二郎的院子只有個打瞌睡的婆子看院門。三郎毫無聲息的翻過牆，大踏步往前走。像是一陣風般掠過，丫頭嬤嬤看到他如鬼似魅的神態，嚇得摟在一起發抖，竟連聲喊都不敢。

他就這樣登堂入室，裡頭只有二嫂和一個小丫頭服侍剛醒過來的二郎吃藥。

二嫂尖叫，「你這敗壞門風的東西……」還沒搞清楚怎麼了，已經被丟出去，那小丫頭運氣倒好，有二奶奶給她當肉墊，摔得不怎麼疼。

然後門關上，鬥起來了。

屋子裡，只有雙生的親兄弟。

一切都發生得太快了，二郎隱隱覺得有些不妙，但還是打起笑臉，「三弟……」肚子一痛，差點氣都喘不過來。但這不是最可怕的……而是三郎從靴裡摸出一把明晃晃的匕首，刺在他頸側的床板。刃面貼得很緊，刺骨的冰涼。

三郎就這樣用單膝跪在二郎的胃上，慘白的連唇都沒有顏色，瞳孔卻非常非常幽黑而明亮，跟匕首閃爍的刀鋒一樣。

按著二郎的肩，他語氣平靜輕聲，「男子漢大丈夫，妻受辱而不行為，無恥也。」他揚起拳頭，惡狠狠的招呼在二郎臉上。

二郎狂呼救命，力陳絕無此事，「你我兄弟，為何聽一險惡婦人挑唆？」

三郎笑了，卻更顯森冷陰寒，「二哥，我找到你私造的官服。」又是一拳揍在臉上。「二哥，你可別亂動。匕首可利著。」

無視二郎慘呼，他一面打一面問，「我不給你香巧，所以你把她騙去祠堂，是不是？二哥，我就是想知道到底是怎麼了……你別逼我動匕首。」

二郎鼻青臉腫，想掙又被頂著胃、按著肩。他今天又大虧了一場，一點力氣也沒有，看著三郎駭人的眼光，脖子還貼著冷冰冰的匕首，帶著哭聲求饒，「三弟，不過是個丫頭……哥哥賠你……哎唷！」這一拳打在鼻根上，又痠又痛，真的眼淚掉了下來。

「二哥，我不是要聽這個。」三郎的聲音很冷淡，沒有絲毫火氣。

「我說我說！」吃打不過，二郎喊了，「那丫頭不識抬舉，裝模作樣的不肯，這才打翻了火燭……我只是怕她叫起來……怎麼知道她不禁捂，就這麼沒氣了！我不是故意的，不是故意的！」

三郎住手了。而門外已經鬧起來，開始有人拚命拍門和撞門的聲音。

二郎卻有種大禍臨頭的感覺，三郎像是在看他，又好像看透了過去。求生的本能爬了起來，他大呼救命，卻被掐住脖子。

三郎的簪不知道丟到哪去，披頭散髮的。眼神靜寂如死，表情卻很安寧……一點生氣也沒有。

「二哥，你我同年同月同日生，那就同年同月同日死。你先行一步，弟弟隨後就來。」

慢慢的、慢慢的加重力道。完全無視二郎的掙扎。

二哥，知道嗎？我就是這麼一點一點被掐死的。這種滋味，舒服麼？

這樣就好了，總算有個頭。你死了，我也死了，那就乾淨了。你的罪償了，我的恨解了。

再也不會讓你圖謀玷污我心目中最乾淨的那個人。我保全了她。

只恨那個門閂太不牢靠，太多人干擾了，來不及讓你體會我這些年萬分之一的痛苦。果然還是一刀了結你才是正理……

「三郎，三郎……進兒！」有人摟著他的胳臂，原本想揮開。但他喊……進兒。他渙散的眼神漸漸聚焦，看到既陌生又熟悉的大哥。

「我知道你冤！我知道我一直都知道！」大哥跟他搶著匕首，「你連我都不會欺負怎麼可能做下那種事！我知道你冤啊！你是冤的……你想想弟妹，想想啊！你成家了，不是一個人……」

他直勾勾的看著大哥的眼睛，除了淚光和慘痛，沒有其他雜質。

一個個看過去，父親、母親，他們罵，不斷的罵，但誰也沒敢看他的眼睛。

救我命的，是沒有血緣的姨娘。承認我冤的，是隔肚皮的庶生大哥。

「呵呵呵……」他低聲笑起來，「哈哈哈哈哈！」他聲嘶力竭的大笑，一路笑一路往外走。

誰也沒敢攔他。

披頭散髮、肌雪顏花的麗人，如顛似狂的拎著匕首大笑，行於如雪月光下，秋桂無知的芳香四溢，卻讓氣氛詭豔淒厲起來。

等芷荇知曉消息趕來時，三郎已經不知所蹤了。她根本不在乎馮家其他人對她辱罵或威嚇，實在太煩人，她乾脆的在廊柱徒手刨了一下，就安靜了，問什麼答什麼。

她以前總是防著的。總覺得不要露出武藝才能有個最後的提防。現在三郎都丟了，她想不起來要防什麼和防誰。

但怎麼樣都找不到三郎。

她緘默的想想，然後令吉祥和如意把人都帶回去，無視其他人的瞠目結舌，翻牆上瓦，一會兒就不見了。

當初關了三郎一年的淒冷院子，依舊荒涼。她走進去，遍尋不獲的三郎，坐在木床的牆角，抱著腿，將額頭抵著膝蓋。

剛成親那會兒，他睡覺也是蜷成一團。

芷荇上了木床，跪著，俯身將他抱住。好一會兒，三郎才軟下來，靠在她懷裡放聲大哭。

好容易收了淚，他很想傾訴，這些年的悲憤和辛酸，張了張口，卻啞然。「很多話想跟妳講，可我不知道怎麼說。我不該吼妳，對不住。」

芷荇搖搖頭，「是我不該吼你，我脾氣太燥。」

太多話想說了，最終還是決定不說。他們攜手回去，和往常一樣，食後沐罷，芷荇為他擰乾頭髮，細心的梳理，而他低著頭，靜靜的。

交頸纏綿，三郎待芷荇特別溫柔憐惜，呵護備至，仔仔細細的看著她，感受她，想要深深的記在心裡，銘刻進去。

真的什麼都沒有，只剩這個乾淨的人了。

喘息甫定，他披衣到屏風後稍微梳洗，卻親提了兌好的溫水，慢慢的幫芷荇擦身，像是再重要也不過的事情。

芷荇的眼眶紅了。她隱隱知道三郎在想什麼，所以沒有阻止，只是由他去。

他親吻芷荇的小腹，將臉貼在上頭。沒能給芷荇一個孩子，他一直覺得遺憾。「妳信我嗎？」

「信。」這次她答得一點猶豫也沒有。

三更過了。

「我要入宮。」三郎緩緩的說。

「……嗯。」芷荇眨了眨眼，不讓自己掉淚。順從的讓三郎一件件的把衣服穿上，然後服侍他打理，為他梳頭綰髻。

除了皇帝，還真沒人能庇護三郎。這忤逆不孝、意圖謀害兄長的罪名一砸下來，流放三千里還是輕的……誰知道會不會乾脆的「清君側」。

「不要怕。我還有妳。」三郎沉默了好一會兒，「我糊塗了，不該……」

「是我糊塗。」芷荇終於還是沒忍住，哭了出來，「我知道你不好受，還激你……你要好好的，我想跟你白首到老。」

三郎眼神渙散了，卻是一種溫柔滿足的渙散。

「我只剩下妳了。」他聲音很低很緩，「不管發生什麼事情都不要慌……執子之手，與子偕老。我一定會平安回到妳身邊。」

這次三郎讓芷荇送到角門，上了馬還屢屢回頭。他生命裡僅剩的一點美好，倚閭而望，淚眼盈盈，一點都看不到精明幹練的影子。

就說了，他這個不凡的娘子對著他，總是分外嬌憨柔弱。

拐了彎，看不到她了。但他知道這嬌憨的娘子會枯站很久，會等他。

所以他將背挺得筆直，肅著容顏，往宮裡而去。

趙公公知道馮知事郎三更過兩刻就站在宮門外等著，大吃一驚。這都四更天了……他是為了服侍皇上洗漱才這麼早起來，馮知事郎是在幹什麼？

「小兔崽子，為什麼不早點來報？」他壓低聲音罵著。

進來傳話的小太監苦著臉，「馮知事郎不讓，說等公公起床再說話就好。馮知事郎說，罪臣私事，不敢有擾。」

他們馮家又出什麼破事了？

說起來，趙公公是個偏心護短的。他溺愛愚忠，不然也不能把順王爺給慣得那樣無法無天。但順王爺登基，他並不開心。因為皇上不喜歡、不高興，整天唉聲歎氣。

也只有馮知事郎讓皇上能高興起來，所以他對馮知事郎高看許多。而且馮知事郎打從心底敬重他這個閹人，又知道馮家許多破事，他的慈父心大漲，偏心護短得更厲害。

罪臣私事。這可不是什麼好兆頭。

忖度了會兒，五更上朝，他到皇后寢宮服侍皇上起身，低聲說了。

皇上果然沒好氣，「打發個轎子去接，叫他給朕滾去御書房候著。搞什麼鬼？給他御賜金牌是擺設？」

這小子出了啥事？皇上心底也咕噥了。這小子只長了張漂亮臉蛋，裡頭是條倔驢。只知道埋頭辦事，也不會討好處。你讓後世史官寫到他這個「佞臣」寫啥呢？也給人點資料好不？

稍微囂張跋扈點好嗎？這樣為難後世史官。瞧瞧他，多自覺。將來史官寫到他這昏君可很費紙張筆墨了。

他胡亂的擺手，看也沒多看皇后一眼，整裝完畢就催著往御書房。

看到三郎，皇上還是習慣性的摸摸他的小臉蛋兒，唷，一臉冰冷露水。三郎還是冷著臉抽了帕子抹抹，行禮如儀。

「夠了夠了，」他不耐煩，「少來這套，我快上朝了。有事快說。」

三郎靜默了會兒，「皇上，臣兄意欲李代桃僵，窺伺臣妻。」

皇上倒沒很震驚，只是冷笑一聲。「這倒是好點子。也是，你當這官也沒給馮家什麼好處……還不如讓你那哥哥當。把你老婆先擺平了，真是好計謀……」

他猛拍御案，「姥姥的，真當我是個傻的啊?!眼珠子只是擺設？你掛點了，我連誅你們馮家九族！世家譜上品十家長房，一年居然有四十四個年輕夫人暴疾猝死……奸兒媳的，辱嫂子的……有什麼我不知道的？表面仁義道德，裡子全是些男盜女娼！死死算完！……」

皇上發了一通脾氣，看三郎只是垂眸，臉還是那麼冷，又覺沒趣。「好啦，你老婆沒吃虧吧？我說這種事情若只是被摸了摸，你也別往心裡去。又沒少塊肉……就算怎麼了，你也別把人往死裡逼。好好說說，看怎麼處置……我是說這不怎麼值得有疙瘩，女人也不容易……」

三郎有點想笑，但他素來知道這個荒唐皇帝是個憐香惜玉的，也就沒計較。「啟稟皇上，臣妻無事。但罪臣激憤，想與臣兄同歸於盡……」

「你白痴啊！」皇上又吼了。

「是，罪臣愚蠢。罪臣忤逆不悌，謀害兄長，罪在不赦。但臣妻無辜，請允和離……」

底下的話說不出來了，因為皇上一把揪住他的衣領，拖了起來。氣得全身顫抖，面目猙獰，死死的看著三郎。

但三郎眼底卻只有笑意和溫和。

這個聰明機智的皇帝一愣，沒好氣的將他一摔，「姥姥的，見色忘友，見異思遷就是說你這種混帳！老子啥都告訴你……結果你拿來戳老子的心窩子！是人不是啊你?!」

這就是太后拿來糊弄皇上的理由。說把他趕去南都，是為了保全他的性命。

皇上對這點最耿耿於懷，才會對太后完全親近不起來。太后若對他坦白了，他能體諒，但用這破理由糊弄他，他才不上當。

他最恨這種臨難拋棄的行為。誰想過那些被割捨的人的心情？他在南都躺了一年……那時他才八歲！但到現在還記得那種難過到想死的感覺。他寧可在宮裡被暗算到死，也不想被拋棄。

氣了一會兒，看三郎乖乖的跪在地上，他也沒奈何。「我還沒死哪！跪啥？」拿了摺扇猛搧，「想清楚了？死心了？」

「……以為，早已死心。」三郎笑了下，充滿無奈，「但昨夜，才真正的完全死心。」他直起身子，定定的看著皇上的眼睛，「我只剩下她了。請您……暗中周全。」

「好啊，你們夫妻都賣給我了哈，別賴帳。」皇上露出狡黠的笑。

是日，馮家還在商量的狀紙尚未遞出，馮知事郎因為「囂張跋扈，君前失儀」入了御牢，並且遣人責問馮家身列世家譜，堂堂大族，何以教養無方。

馮家老爺只覺得滿背冷汗，啞口無言。那張還沒寫完的狀紙趕緊的燒了。皇帝都責問了，還告進官裡給自己打耳光？

就知道那個逆子早晚會弄出事來，當初若不是馮姨娘多事，打死了就啥事都沒有了……

老爺還真不覺得二郎有什麼出格的。不過是個丫頭，值什麼？燒祠堂也是意外……而且還是給人坑了。那一年是二房派人輪值看管祠堂，為什麼誰也沒在，讓二郎就出了事？

他也覺得二郎的個性才是有出息的，能幫家裡的。三郎就是個認死理的呆子，官場是混不下去的。

君要臣死，臣不得不死。父要子亡，子不得不亡。三郎是個真孝順的，就不該不聽他的話。現在惹火上身了吧，而且快要延燒到長房了。

他派人去打探消息，暗暗決定，這兒子是要不得了……直接除了族譜，分割個乾淨才是正理。

＊　＊　＊

日暮時分，提著食盒的大嫂馬氏，只牽著五歲的女兒芳蘭，一個下人也沒帶，走到佛堂。

大郎昨天就認了三叔的冤，嫡母無處洩恨，賞了大郎兩個耳光，命他來佛堂跪著思過。公爹居然不講話，安頓了轉頭就走，不知道去哪個姨娘的院子裡。

她輕嘆一聲，喚了聲，「夫君。母親讓你起來了……」大郎這才應了一聲，從黑漆漆的佛堂走出來，也沒選地方，一屁股坐在台階上，眼睛都是紅絲。

幸好她攏人還有一套，守門的睜隻眼閉隻眼，但看起來，他昨晚也沒睡。她把食盒的飯拿出來，大郎餓狠了，狼吞虎嚥，她細聲勸著慢吃，遞湯給他，幫他擦著額頭的汗。

「妳怎麼自己來了？」大郎埋怨，「有身子呢。」

「蘭兒討著要爹。而且……都滿三個月了，只是還沒顯懷而已，不礙事。」她笑著，對看守的下人笑笑，打了賞，讓他們下去休息。

大郎看著旁邊乖乖坐著，大眼睛無辜的看著自己的女兒，憐愛的摸了摸頭。「……怎麼了？」

「三叔下獄了。公爹打算把三叔除族譜……婆母鬧著要把我們分出去，不做兩趟事了。」馬氏低聲說。

「……爹還是告了三郎？」大郎的聲音更低。

「不是，是皇上惡了三叔。」

大郎想了想，突然笑出來。「世家子弟養尊處優的，萬事不知。」

尤其不知人情世故，只曉得一些小伎倆小聰明。一出了世家圈子的路數，就茫然不知應對了。偏偏天子就是個不講這套的，三郎又灰了心。

他讀書不成，十四歲就開始幫著打理家裡田莊鋪子，一開了眼界，才知道自己以往是多愚昧無知。

「分給我們的，也不會有多少。爹……也不會過問。」大郎笑了笑，有些愧疚的，

「嫁給我，妳竟沒有一天好日子。」

馬氏低頭，忍住了淚。庶子媳婦不是好當的……這些年名義上是嫡媳當家，可家務都是她在處理。公爹妾室甚多，婆母不好相與，二弟妹出身副宰之家，也是個跋扈的。

她能隱忍周全，就是因為丈夫甚是體諒貼心。

「夫妻一體，夫君別說這話。」她撫著肚子，「這麼多年，只給你生了個女兒……你也沒說什麼。我只怕這懷的又是……」

「是女兒我也愛的。」他抱起芳蘭，「放心，分得再少，我也定讓妳們吃飽穿暖，給兩個女兒掙嫁妝。我們年輕，慢慢兒來。」沉默了會兒，「終究還是因為我這身分……」

「夫君，我也是庶女。」

他哂然一笑，只是提了食盒，背著芳蘭，牽著妻子的手走。

嫡母哪能不鬧……三郎要除族譜了，二郎傷病交加。只有他這個婢生子好端端的，妻子懷著孩子。萬一是個男孩兒……這威脅真是太大了。

坦白說，能留在族譜上當個庶族遠支他就滿足了，他完全不希罕長房的富貴。

「曾經，我很羨慕三郎。」大郎的笑容轉苦，「他的院子永遠是笑聲最多的。只有他會跟我行禮……而不是刁難我。」

妻子將他的手握緊一點。

三郎，那就是個愛笑的，像是全身的勁兒都使不完，歡騰跳脫。嫡母甚惡他這庶長子，二郎也跟著學，只有三郎這大剌剌的，會跟他行禮，得了什麼稀奇的好吃的，都會偷偷分他些。

那時候他真是羨慕三郎，羨慕極了。曾經想過，為什麼就早生了兩年，沒托生到太太的肚子裡，為什麼他是個連生母都沒見過的婢生子。

直到那一天，那烈火焚了夜空的那一天，他才漸漸的、漸漸的慶幸，他沒托生在太太的肚子裡。

僥倖得命的三郎日日喊冤，被關到小院子裡，還是喊，喊得嘶啞。但他喊，就沒飯吃。那時他真是害怕，害怕得不得了。他怕太太，但小院子的呼喊越來越微弱，他更害怕。

什麼都不敢做，當時他還只是個十四歲的半大孩子。他只能省下自己的飯或點心，連話都不敢跟三郎講，翻牆偷偷塞在鐵欄杆上，然後馬上逃了。

待自己的親生兒都這麼狠……他更小心翼翼的討好太太。他怕，怕極了。生死都只是嫡母一句話而已……他只是個卑微，連父親都不在意的婢生子，沒有半點依靠。

他無能為力，只能眼睜睜的看著不喊的三郎，再也不笑的三郎，看他一點一滴的慢慢熬乾，沉默如死。

對這個家，他只有恐懼和謹小慎微。妻子受了委屈，只能背後安慰她。十九快二十才娶了這個娘子……長得雖說不很漂亮，但他反而放心了。體貼聰明會看眼色，他珍惜都來不及，哪能有怨言。

「將來可能會窮些時候……但妳放心，我也不是什麼都不懂的大少爺。就算扛包幹活，也會讓妳們好吃好穿。」大郎輕聲，「雖然不能給妳掙誥命……可妳能過些舒心的日子……這些年，真辛苦妳了。」

馬氏飛快的拭去淚，「……我不怕窮，也不辛苦。」夫君長得俊俏，又常在外奔走，卻體貼入微，什麼事都跟她交底。

一個婦人所能求的不過如此。

誥命什麼的，她不希罕。夫君的肩膀，比那些虛的頂用多了。

把庶子分出去單過不奇怪，但把嫡子除族譜這就是很大很嚴重的事情了。

其實呢，也在意料之中。現在京城最流行的消息是什麼？就是肌雪顏花的馮知事郎失了聖寵啊！每天那些個參本啊，劈哩啪啦的往聖上的御案上送，皇上聽說震怒的砸了好幾次硯台，壘上去的罪名越來越嚴重，恐怕是斬立決了。

馮家聰明啊，趕緊的，把這逆子給除了族譜，上表謝罪。皇上冷哼一聲，倒也沒怪罪馮家了，只是催大理寺（專管官吏案件）快快把罪證蒐齊全了，但馮家舊事就別問了。

馮家長房暨一干族人鬆了口氣。只是當哥哥的還要被當族長的二弟念，馮大老爺也是羞怒交集，回來對著太太發脾氣，太太窩火了，對著大郎夫妻遷怒，隨便給了兩個賠錢鋪子幾塊旱田和一棟破院子，不管大媳婦有身子，幾乎是趕的把他們趕出去。

二奶奶倒是開心了。這麼大的家當，都是他們二郎的……再不用跟別人分。二郎看著被打得很慘，身體也虧得厲害……但大夫說不妨事，還好年輕。好好將養，那方面的事情要節制節制，也就好了。

這樣也好，免得二郎那個不省心的老往外跑。

她立刻趾高氣揚的帶人跑去修身苑，把除譜書扔到芷荇臉上，冷嘲熱諷一番，限他們明天就滾出去，帶著人就要查封院子，揚言馮家一根針都不能帶走。

至此三郎下獄已經月餘，芷荇瘦了一大圈。但她那一刨真的是虎威猶存，二嫂跳得很歡，下人心底很寒，態度倒是還恭謹的。

芷荇抬起有些腫的眼睛，「二嫂，妳不用急。這種蛇窩我也不想待。妳跟婆母拿了嫁妝單子來，咱們盤點。我若帶走一根針我就不姓許。」

二奶奶原本就是千金小姐，婆母也哄著疼著的，她性子起來真是誰也拿她沒辦法。她還真的差人去逼婆母把芷荇的嫁妝單子整個大盤點，連下人的東西都盤了一遍……

結果嫁妝只有少的沒有多的，箱箱籠籠都整理好，居然沒些多出來的財貨。她才不信呢！

二奶奶逼問，芷荇只是冷笑，「我嫁進來不到一年，但從來沒見過夫君的俸祿，據說都交公中？月銀根本一文不見，靠那些俸田，我養得活誰？我自賣嫁妝養家活口、人情往來，馮家憑什麼管？馮家給我吃過一口飯？」

這鬥口舌，十個二奶奶綁在一塊兒也說不過芷荇，她本來就是風風火火一條筋的性子，被噎住，憋半天才憋出個理，「那我們馮家那些聘禮都是扔水裡了?!」

芷荇冷笑更甚，「我說二嫂，人情義理，您該不會都不懂吧？哪怕是休棄或和離，也沒聽說過夫家扣著嫁妝不放的。更何況現在三郎下獄，又不是給我休書，更不是和離。再說了，除譜書在這兒，現在妳我不相干。您未免也管太寬，管到我們許家的嫁妝。」

二奶奶只能暴跳，滿口不乾不淨。她雖然不聰明，事態至此，多多少少也知道了夫君對這弟妹太留心才惹出這些禍事。恨不得上前甩她幾個耳光……若不是丫頭緊緊扯著她，不斷的提醒那被刨的廊柱……說不定她就衝了。

芷荇嘆息，「好吧，是有三郎的東西。那兩口棺材，要就扛去。」

「呸呸呸，誰要那晦氣的東西！」氣急敗壞的，但鬧了大半天，二奶奶這嬌滴滴的千金也累了，「明天一早就給我滾！」昂著頭，帶著眾僕走了。

她慘澹一笑，吩咐吉祥將所有奴僕都叫來，三房人，老的小的男的女的站了一地，十幾個人。

深深吸口氣，她平靜的拿出一個紅木匣子，遞給李大。原本他是三郎的跟班，這個月開始當大管事，讀過兩年書，大多的字都認得。

「唸吧。」芷荇疲憊的坐下來。

月餘來，姑爺下獄以後，整個修身苑都惶恐不安，但還算是規整。只是姑娘突然來這齣，李大反而有很不好的預感。

他打開匣子，一張張唸起來，奴僕開始有點騷動，連吉祥、如意都差點撲到姑娘的膝蓋，蕙嫂子膝行幾步顧著流淚。

這是修身苑所有奴僕的賣身契。

姑娘要賣了他們？

「明天一早，先把我送到香油胡同，然後帶著這個匣子，你們去外祖家吧。」芷荇淡淡的說，「拖累你們，我不忍得。你們都是好的，家裡鬧騰這麼久還是實誠護主。姑爺大概是……罷了。外祖仁厚，你們本來就是從那兒來的，還是回去吧……這兩丫頭替我多關照些。蕙嫂子……想回家就回家，不想就去外祖家吧。」

三房人帶吉祥如意蕙嫂子都跪下了。開什麼玩笑啊?!主家落難，他們轉頭就跑……回周家周老爺也不要啊！另投別家？誰肯用這種大難來時各自飛的奴僕？姑娘還不如把他們賣了呢！

再說這情分義理上，自己也過不去啊！

「姑娘妳別嚇我啊！」如意嚇得連上下之禮都忘了，哭得淒涼，「姑爺不會有事的，您別這樣啊！就算……您也好好的活下去……如意跟您一輩子，幹活養您都成！」

吉祥也膝行幾步，「姑娘，您不可如此喪氣。未來日子還長呢……說什麼也要跟您的。」

整個院子鬧哄哄的，搞得氣氛很悲涼壯烈。

李大紅了眼，定心一想。這樣好的主家，連周老爺都趕不上。姑爺是個清官，姑娘是個有見識的。就這麼個檻，哪裡跨不過？就算姑爺怎麼了……不還有姑娘？別的不行，難道扶持著姑娘安身立命還不成？

就他看，這官家也沒什麼好做的。哪裡不能做生意，哪裡活不了人？

他忖度思量著盡量婉轉的表達了，三房人儘有些老人，覺得這才是正理。被除了族譜，更不能給姑爺斷香火了，抱養個也得給香火續下去，姑娘不為自己，也該替姑爺身後想想。

芷荇倒是流淚了。引得大大小小都跟著哭，她啞著嗓子要回匣子，卻掏出所有的賣身契丟入火盆，燒了。

所有的人都驚呆了，一時無聲。

「諸位忠心若此，不在這張紙上。」芷荇拭淚，「有我一碗飯，一定分你們半碗。若違此諾，便如此釵。」她拔下一根碧玉釵，一折兩半，掩著臉去了。

那晚整個修身苑都很激動，血性都被激出來了。如意和蕙嫂子抱頭大哭，覺得死都能死給姑娘了。

唯一能平靜的服侍芷荇的，只有吉祥。

「姑娘老說我鬼靈精，其實哪及得上姑娘一點兒。」吉祥輕嘆。

芷荇月餘來難得笑了出來，「我以為妳會走呢。」

吉祥翻了個白眼，「奴婢能走去哪？不說家遠，回去好讓他們再賣一次？其他人也差不多……姑爺怎麼樣，奴婢不知道。但姑娘只要還好好的，怎麼樣也短不了奴婢那碗安穩飯。只是這個身契真的不用燒……」

「那張紙代表不了什麼。」芷荇淡淡的說，「有那張紙，有異心的還是有異心，而忠心為主的，也不因為那張紙沒了就轉心意。」

「轉了呢，怎麼沒轉？」吉祥沒好氣，「謝姑娘賞，奴婢多學一招。這下所有家人都願意赴死了。」

就知道會被這鬼丫頭看破手腳。芷荇淡淡的笑，雖然心底還有沉甸甸的愁。但她只有孤身一人，雖然有嫁妝房屋可傍身，她自己也有點武藝……但終究難以敵眾。若不收攏人心，從自家亂起來，她真的心力交瘁沒辦法應付了。

「算計歸算計，我發的誓是真的。」芷荇肅容道。

正在幫她梳頭的吉祥僵了一下，忍了忍，眼淚才沒滾下來。她就是知道姑娘城府雖深，但一諾千金，比大丈夫還大丈夫，所以才願意蹲在她這棵大樹下。

「奴婢知道。」她有些粗聲說，「這不沒拆您台麼？」

能把這鬼丫頭算進彀內，也算她一大成就了。

第二天一早，修身苑角門外萬頭攢動，看熱鬧的人真是一圈又一圈，路邊的石頭早被拾乾淨了，個個蠢蠢欲動。

要說大燕京城呢，別的沒有，愛看熱鬧的人最多，就跟愛看殺頭一樣。這嫡子被族譜踢出來，那是大逆不道到極點、十惡不赦才會這樣處置，誰都可以扔石頭的。以前真有那劣跡斑斑的除族譜，出門就被石頭活活砸死，官府也不究……怎麼究？扔的實在太多。

馮知事郎那罪名太複雜太長了，市井百姓看不懂。不過來看看熱鬧扔兩個石頭湊趣還是可以的。

天雖然陰著，這深秋的早晨實在冷，但還是鎮壓不住看熱鬧的熱情。

看到角門開了，人人興奮了。但石頭剛舉起來……傻眼了。

一架牛車馱著兩棺材，慢騰騰的打頭走出來。後面跟著騎驢的小娘子，一身孝，蒼白著臉，眼皮是腫的，吩咐著下人，「離遠點，當心石頭砸到你們。」

呼嘯的秋風，低沉陰霾的天空，跟在兩口棺材後面，騎驢一身孝服的小娘子。再後頭一溜兒趕牛車髮間別孝的奴僕，件件箱籠都扎喪麻。那氣氛……竟不是除族出府，而是出殯了。

有人收不住砸了稀落落幾個石頭……就沒敢再砸了。人家這麼一副大出喪的模樣……好意思砸也怕惹晦氣啊！

結果一聲尖銳的「慢著！」，把原本淒涼毛骨悚然的氣氛重新炒高了。一部小轎飛跑的趕上，馮家二奶奶鑽出轎外，喝住了這行人。

二奶奶回去越想越生氣，越來越憋悶，一夜都不曾好睡。就這麼放她走了？太不甘心！早上盯哨的丫頭跑來說他們打算把棺材扛走，這才靈機一動。

哎呀！這可就誤了！萬一他們把沒點出來的財貨藏在棺材裡跑了怎麼辦？大庭廣眾的搜出來，就可以羞辱那女人一頓，賴她是賊……看她不被石頭砸死才怪。

如果搜不出來麼……她也準備好了「賊贓」。總之，就是不能讓那個狐狸精好過就對了！

她覺得這真是好計，於是急急忙忙的搭了小轎，趕過來堵人。

芷荇蒼白著臉，搖搖欲墜，楚楚可憐的問，「馮二奶奶，我的嫁妝妳對著單子盤了三遍，連下人都盤了又盤……抄家也不過如此，到底還要什麼？」

啊呀，這……這也太過了吧？夫家過問嫁妝，是非常失禮的行為。何況是妯娌，那更過分啦。妳怎麼不讓人盤妳的嫁妝看看？

二奶奶被她一堵，滿臉通紅，「妳、妳胡說！我明明只盤一遍！」還真的盤啦！天哪，這馮家一點顏面都不給啊？不給人活？

身邊的丫頭拚命扯她，丟死個人。胡攪蠻纏什麼，這個奶奶真不省事。怎麼又被她繞了，馮二奶奶一噎，想想還是自己有理，氣勢凌人的嬌喝，「少廢話。本來就不該讓妳帶走馮家的任何東西……哪怕是一根針！昨天我可忘了看棺材，指不定妳還暗渡陳倉呢！」

芷荇晃了晃，費力的下了驢，「……就看吧。」

馮二奶奶很得意，趕緊使眼色讓嬤嬤上前，幾個小廝一抬起棺蓋……那個嬤嬤卻尖叫一聲，和小廝們一起連滾帶爬的滾下牛車。

棺材裡滿滿當當，手插不進。都是孝幔壽衣香燭紙錢。芷荇慢慢的爬上牛車，「二奶奶，妳自己來翻吧。這口，是我夫君的。那口，是我的……」

「呸呸呸呸，晦氣真晦氣，快滾！」馮二奶奶也被嚇得不輕，這大清早的看到這些怎麼不晦氣啊？她完全把自己的算計嚇得忘光，鑽進轎子，飛逃入內，磅的關上角門。

開著的棺材，孝幔被吹得獵獵直響，飛出幾張紙錢。芷荇不讓人幫，自己吃力的、慢慢的闔上棺材蓋。淚珠一串串兒滾下來。又慢慢的下了牛車，蹣跚的騎上驢，挺著背，肩膀一抽一抽的，卻沒哭出聲，卻比嚎啕還讓人心酸。

吉祥哭著，「姑娘……棺材也蓋點什麼……不然砸壞了怎辦？」

「不、不講那些虛的……」芷荇忍淚，「反正是要一起燒了乾淨……」

結果一個小孩興高采烈的朝她砸了顆石頭，結果被他娘親拍了兩下，小孩哇的一聲大哭，芷荇捂著嘴，哭得喘不過氣，後面奴僕跟緊了，隨著大放悲聲。

人呢，總是有良心的。看熱鬧歸看熱鬧，這擺明了就是被欺負得要死的，肯定裡頭還有些什麼。唉，馮知事郎真的死定了，這棺材都預備下了，還兩口！連棺材都要讓人抄檢……這世道喔……

這場熱鬧真是曲折離奇，讓人看得目不轉睛、拍案感嘆。人家都哭喪了，還砸石頭？

結果這看熱鬧的人越來越多，嘆氣搖頭的竊竊私語，但砸石頭的就沒有了。一路從城東哭到城西，難得這小娘子勉強收聲，只是一顫一顫的，看了更可憐啊。

鄰居倒是黑了臉。妳這搬家呢？還是出殯？一路哭過來是怎麼回事？想去理論……得，看熱鬧的人怎麼那麼多啊?!才問一聲就被無數人瞪，這、這……惹不起，惹不起，我關門起來可以吧？

芷荇也哭累了，一抽一抽的進了新家門。這是她娘留下來的嫁妝，一大兩小的院子，一排廂房。原本是租給進京趕考的舉子，但在三郎一下獄，她就遣人來處理了。明年才是進士考，住在這裡的也就佔兩個廂房。客氣的退房租補貼點銀子就成了。

小是小了點，也才十幾口人，住起來剛剛好。

她不想被砸石頭丟臉的走，所以乾脆演了這一齣。其實二奶奶想得沒錯，皇帝賞的金銀珠寶就在棺材裡。但連個笨蛋都想得到，她還沒提前應對那才叫做不正常。反正皇帝的賞都是金銀首飾之類，精緻華貴是真的，但能佔多少地方？收一收就一匣子。

本來還擔心自己哭不出來……沒想到二奶奶居然追出來要查，蠢個賊死，害她差點笑出聲音。只是三郎被關了一個多月了，還無消無息。她知道擱在外頭大牢，諸相百官難防，所以皇帝把他關在御牢裡……可裡頭還有個太后啊！誰知道那老而不死謂之賊的賊婆子會怎麼對待她的三郎……想到這裡就心如刀割，完全沒有哭不出來的問題。

理智上，她很明白，這就是三郎和那狗皇帝聯手演的戲。要不怎麼大理寺和皇宮消息這麼即時和鉅細靡遺？她派人查過，結果源頭讓人很傻眼，只知道來自市井而非官家。

若我是那狗皇帝……芷荇曾經仔細想過，猛然想起……順王爺收服的那些潑皮無賴呢？是我就不會放進宮裡，那些沒規矩的東西只會惹禍。是我就散入京城市井……當眼活棋。

所以應當有驚無險，只是想要合理合法的跟馮家斷絕關係。

但情感上，她還是很徬徨害怕。總怕會有個萬一，總是很擔心她的三郎。這才會一路哭，哭到現在，軟軟的從驢子上滑下來。

「你娘子幫你哭喪呢。棺材都抬出來遊街了。」皇上穿了一身暗衛的衣服，嘆氣，「太會做了……喂，你還行吧？」

披頭散髮有些髒兮兮的三郎笑了笑，卻顯得明豔。雖然他脖子上有道很明顯的繩痕，紅腫著。「謝皇上關心，罪臣無事。」他捧著竹筒的水喝，斯文的撕著饅頭吃。

「眼錯不見的，就差點沒命，都第幾次了這。」皇上咕噥，「太后不意外，皇后插什麼手？就那麼迫不及待除我身邊的人？」

三郎沒有出聲，只是邊吃東西邊聽皇上一堆抱怨。在御牢，差點被餓死毒死，還險些被勒死了。沒想到太后皇后的手伸得這麼長，皇貴妃也來插一腳，太熱鬧。

「快結尾了，你還挺得住吧？」皇上有點沒把握的問，「真不行我讓他們趕趕？」

「皇上，罪臣挺得住。」三郎很堅定的說，「請皇上多周全……」

「知道啦。」皇上不耐煩的擺手，「挺住啊。你跟你老婆都賣給我了，千萬別死。死人可不會辦事……這一個多月我超無聊的你都不知道。我都佈置得這麼大張旗鼓了，那些人就能見縫插針！我看他們也別插了，誰愛當皇帝誰去！」

唉聲歎氣了一會兒，他照慣例哀怨，「好想回南都啊……」

皇帝走了。又要繃緊精神了。

苻兒在做什麼呢？一定很擔心吧？可別哭得太厲害……很傷的。

我很快就回來，等我。他無聲的說著。

完完整整的，回到妳身邊。妳再也不用害怕了……很快。

他微微一笑，雖然披頭散髮容顏沾塵，卻依舊如芳蘭薰體，春風般和煦美麗。

大理寺終於開堂審理了。

諸相百官以為，就算撇掉馮家舊事，光羅織的那些罪狀也夠三郎脫層皮，何況還有太后弟弟襄國公府的一樁人命案子，絕對逃不得性命。

馮知事郎官階太低不隨朝，就算碰見也只是一禮，沉默寡言。大理寺那群上卿少卿大人，個個都有舌燦蓮花的本事，死人都能說活，看起來實力相當懸殊，清君側應該是板上釘釘的事情。

誰承想，大理寺輪番上陣，卻被三郎一一擊沉，掩面大敗退堂。

全朝譁然，拚命指責大理寺辦事不利，懇請皇上三堂會審。

「你們是沒念過大燕刑律？」皇上一臉厭煩，「我說你們，四書五經念過就算，當了實事官好歹也多讀些實事書。大燕刑律擺著哪！謀逆、涉及皇親諸事才開三堂會審。當皇帝的都知道，臣子不知道？朕要你們幹嘛？」

諸相百官啞然。諸相之首王熙乃是太后的姪子，出班恭敬道，「啟稟皇上，那馮氏小兒牙尖嘴利，大理寺居然拿他不下，懇請皇上點賢臣監審。」

皇上冷冷的笑了一聲。「王熙，你傻了吧？叫你們多讀書不要，出糗了吧？大理寺審理百官皇親案件，連朕犯罪都得聽大理寺囉唆。朕讓副相監督你要不？」

王熙也不是個傻的，這個議題糾結下去搞不好掉坑……皇上挖著等呢！這荒唐皇帝異想天開，一直想在朝堂地方插個監吏直屬大理寺。真跟他糾纏一定會被糊裡糊塗的繞進去……不是岔題，就是除不掉馮三郎。

太后很明白，這馮三郎是明面上真正皇帝的人馬，是個幹臣。她怎麼能夠容忍不聽話的皇帝兒子扶持自己勢力？不把馮三郎除了給他個警告怎麼行？

這懿旨要遵……沒辦法，馮三郎不識相，拉攏不過來。但王熙只能繞著四書五經蠻攪，皇帝卻不跟他胡纏，「免講這些仁義道德了。想看熱鬧說就是了，講那麼多。行了，明天罷朝一日，想看的跟朕一起去看看怎麼審的，到時候有事說事。」就懶洋洋的退朝了。

這、這……這合規矩嗎？諸相百官都茫然了。但這個清君側的機會不可錯失，將來青史留名且看這朝啊！

次日，摩拳擦掌的諸相百官，把大理寺堂廳擠得滿滿當當，只有上卿大人和皇上有位置坐，皇上還是側位旁聽。

諸相百官猜得到開頭，卻猜不到結果。那規模……大概遙想三國，諸葛孔明舌戰群儒堪可比……只有一個年紀大的副相氣昏了，沒出人命就是。

這個不聲不響、以色事人的佞臣是個人物啊！

只見他口齒清晰，一一擊破諸案疑點，何處查檔，案卷第幾，講得明明白白。本來就是羅織，那堪細查。

指責他穢亂宮廷，他冷靜的反擊，證據何在……是啊，證據……難不成還去問皇上啊？看那個好色貪花的皇帝一臉躍躍欲試、巴不得人問的樣子……一臉「坑的就是你」，只能乖乖吞下去。

越戰心越涼，好個馮三郎……如此博學強記，朝堂地方所有呈皇奏摺檔案幾乎都背得清清楚楚，大燕諸律了然在心，揮灑自然，毫不費事的張口就來……

此子不除必成大患啊！有個精明幹練的皇帝就已經很煩了，實在不需要一個更精明幹練的臣子……讓他爬上去，壓在頭頂，絕對是大禍臨頭。

最後分辯得差不多了，諸相百官潰不成軍。只剩下襄國公府的人命案子。

既然皇上已經開恩馮家舊事不問，只剩這個有人證物證的人命案子可以剷除奸佞了。

晏安三年八月十五，聖駕親臨襄國公府赴中秋宴，馮知事郎隨侍。襄國公府告馮知事郎醉後調戲小廝不成，惱羞殺人一案。

仵作已驗屍，確實是三四年前的屍體，頸骨斷裂，多處骨折，凌虐致死。

皇上眼眸閃過一絲殺氣，卻只有一瞬間。還是懶洋洋的，抬眼看了三郎。

三郎靜肅的聽襄國公府的奴僕登堂作證，在上卿問他可知罪時，輕輕笑了一聲。

只見他明眸皓齒，雪顏若花，一笑燦爛如春，所有人都愣住。芝蘭玉樹、芳蘭薰體都不足以形容。明明被關得很憔悴，還是讓人啞然眩目。

「上卿大人，憑思退皮相，不被調戲已然太好。」他不無諷刺的說，這才讓滿堂發愣的人回神。「偕聖駕者皆需記檔在冊。當日聖駕除思退外，尚有趙得孝公公，與一干侍衛如下……」四年前的事情，他卻記得清清楚楚，一一道來，「這些都可調內檔。將之比對即可。」

就等你這句話！王熙沉住氣，冷冷一笑。

結果調來檔案比對，卻只證實了當日三郎醉酒，得皇上恩准，在內室歇了一個時辰，剛好跟證人口供吻合。

罪證確鑿，三郎卻氣定神閒。「上卿大人，煩請將整年檔調出。再將其歸檔。」

「馮家小兒！你鬧什麼玄虛？」王熙猛然發現一個破綻，忙喝道，「天理昭然，善惡有報！四年前襄國公已然發覺，只恨你蒙蔽聖聽，讓皇上包庇了……」

皇上冷笑一聲，看著王熙。真的跟我公然叫板了！膽子很肥啊。「照他說的做。」他懶懶的交代，「王熙，等你是大理寺上卿再來對朕比手畫腳。」

四年前的內務檔案自然多少會陳舊蒙塵。但這幾份檔案一歸回舊檔，紙色差不離，但厚厚的一疊檔案，明顯的白了一線，堪堪沒有沾到一絲灰塵的痕跡。

「好，好得很。皇家內檔居然有人敢動。」皇上嗤笑，「這算皇家內務了，還想查下去嗎？」

一堂皆默。

「襄國公還告嗎？」皇上聲音又寒了一些。

襄國公的壓力，真是大到無與倫比。說起來，皇帝是他的外甥，他可是堂堂國舅爺……但這荒唐皇帝不買帳。四年前他氣燄正盛的時候，皇帝都沒屈服。何況此時羽翼初豐？但另一頭又是扶持王家的太后……兩邊都得罪不起。

看他不講話，皇帝不怒反笑，「好、好得很。趙得孝！」皇上吼了，「你這內務少監是怎麼幹的?!幹到內務檔被掉包，讓百官恥笑！查，給朕查！若是朕幹的不必包庇，他姥姥的這個皇帝我也不幹了，腦袋直接獻上！朕都敢作敢當了，皇后貴妃什麼玩意兒的更不用說！姥姥的，手伸到內檔來……抄他九族！」

趙公公彎腰讓他罵，連聲稱罪。

但襄國公等一干外戚的背卻爬滿冷汗。誰不知道趙公公就掛個名兒，管理檔案的事實上是內務府太監？問題是內務府太監是太后的人啊！

這是赤裸裸的指桑罵槐。真翻騰起來……這個內務府太監勢必要換人，但絕對不會是太后的人。

「……啟稟皇上，」襄國公很小聲的回答，「微臣，不告了。」只是抬頭怨毒的看了一眼皇上。

好歹我是你舅舅！我跟你要探花郎，你不給就算了，還從我這兒帶走顏色最好的！現在當百官面前給我沒臉……不要忘記太后還在，皇嫡也有了，有你沒你根本沒差！

皇上只淡淡的看他一眼，笑得更寒。「熱鬧看夠了？遷馮知事郎往玉牢[2]，把所有答辯整理出來。趙得孝，今天晚了，明天再查內檔掉包……給朕查，仔仔細細的查！」

再沒人敢跳出來了。

明天。皇上只肯妥協到明天。襄國公握緊拳頭，這消息得趕緊傳給太后，把該抹的都抹了……千萬不要引火上身，皇帝不是剛登基那會兒，要跟他們玩真的了！

皇帝和三郎眼神交會，很滿意這次的收穫。

表面上看起來，是要清君側，弄死三郎。事實上是和太后的勢力來一次面對面的交鋒。太后在試探，皇帝也在試探，百官也不得不隨之起舞。

這也是一種宣告。正統皇權的宣告。

這就是皇帝和三郎要的結果。三郎想合理合法的出族譜，皇帝想要趁機奪下內務府，掌握後宮動態，並且把所有身邊的耳目和釘子來次大清洗，並且強力震懾太后的勢力。

皇上很明白，趙公公只能抓到一些小蝦米，真正的關鍵人物是沒戲了……死人是不會開口的。太后一定會把那些人都殺光，這就是她的作風，殺伐決斷。

但這會是太后最大的弱點。因為……他不會殺那些小蝦米，只是把那些耳目和釘子趕去浣衣局洗一輩子的衣服而已。

為什麼要殺那些下人，染上無謂的血腥呢？瞧，靠著皇帝這邊，皇帝庇護，他保下了三郎，寬恕了那些耳目和釘子。靠太后那邊，忠貞辦事，是什麼下場？

御下之道是很複雜的啊，太后娘娘。

皇上臉寒得可以颳下霜，事實上心情很好，好得不得了。

他想，百官也看清楚了……應該很快就會想明白。

振筆直書，三郎剛洗沐過，換上全新的袍服，頭髮還是溼漉漉的，卻坐下來開始諸

2：玉牢：御牢分「卒牢」，關宮女公公的，鐵柵圍牆，半開放式。「玉牢」是關皇親的，是個小院，算是一種比較嚴厲的軟禁，但舒適許多。之前三郎關於卒牢，此審後遷往玉牢。

案答辯了，寫得很快。到底他給那個話很多的皇上當了三四年的知事郎，許多諭令和聖旨、草批，都是出自他的手。讓他那手筆骨端麗，卻鐵畫銀鉤的字，速度也跟著提上來了。

到了玉牢，享受皇親待遇，其實住得真不錯。這裡的守衛也森嚴許多，皇上終於可以光明正大的派暗衛保護，但他只要求沐浴更衣，連飯都不想吃，就開始趕工了。

趕緊了帳，趕緊回家。

「作死啊！頭髮都不擦的？你們夫妻都賣給我了！」皇上又穿了暗衛的衣服跟著挑了一擔檔案的小太監進來了，一看很不滿，「病了不能幹活怎麼辦？」

「啟稟皇上，罪臣沒空。」三郎低頭疾筆，頭都沒抬。

皇上唉聲歎氣，拿起一疊布巾，有點笨的幫他擦頭髮，又習慣性的摸摸那張漂亮的小臉蛋，「瞅瞅，我這麼好的主子哪找？皇后我都還沒幫她擦過頭髮呢。」

三郎也習慣性的將長布巾垂下的那端，把自己被摸過的地方，用左手擦了一遍，右手還是沒停，漫應道，「罪臣謝賞。」就不理他了。

皇上擦了一會兒，居然覺得挺有意思。這三郎的頭髮又滑又長，摸起來挺舒服的。

「欸欸欸，咱們這氣氛不錯哈，你有沒有覺得有點啥來著……」

「沒有。」三郎很冷酷的回答，瞧瞧左右沒人了，「你若真沒事幹，幫我把戶部檔找出來，不要玩我的頭髮。」

摸摸鼻子，皇上把布巾隨便一扔，真的去翻檔案了。「你是主子還是我是主子？為什麼我得聽你的？」

「早點弄完早點了事。皇上，罪臣這是在幫你辦事。」

「罪你姥姥！」皇上沒好氣的抽出來，往他案上一拍。看他只是翻翻，瞄了幾眼，唇齒微動，又開始拚命往下寫了。

「有個人在家等著真好。」皇上又嘆氣了。「你知道不？我把內務府太監的位置和後宮鳳印給皇后，皇后差點沒把我瞪出兩個洞。我再風流荒唐也知道她是正妻好不？該母儀天下的。結果我也就想抱抱我兒子……」他泫然欲泣，「死活不肯，好像我拿那些東西就是交換，想弄死兒子……」

三郎筆頓了下，「……皇后娘娘會了解您的苦心的。相對太后，皇后娘家寒薄。唯有與您聯手……皇后聰敏，應該了然在心。」

「無可能。我捂了她七年，她就是塊捂不熱的石頭。不過她真的是塊皇后的料子，後宮事我不可能自己管，但她會管好……為了她兒子。」皇上微微譏誚，「她也不想有個太皇太后壓在腦袋上，當個空心的太后。她的確聰明，但毫無反應，就是個皇后，而不是我的妻。」

嘮叨的皇帝一安靜下來，三郎卻覺得他還是碎唸點好。

他想要什麼，三郎很明白。皇帝說過和他很像，他不得不坦白，的確。有了芷荇後，完全了解了。

「子繫去營裡四年了，今年臘月有假。」三郎繼續書寫。

「不見！」皇上拉長了臉，「過年他都十六了，該討個老婆安定下來，生幾個孩子……養他一家，老子還養得起！」

三郎沉默一會兒，將筆擱下，揉著手腕，「皇上，您親口答應他，讓他前途自己決定的。」

皇上頭一別，當沒聽見。

原來已經過去四年。和襄國公的仇也結這麼久了。

那一年，他中了探花，被驚豔的皇上點到身邊。那時心如死灰的三郎只覺得皇帝很荒唐、很煩。直到那個中秋宴……他才改觀。

雖然毛病很多，卻是個活生生的人。

擺聖駕赴中秋宴，於襄國公是莫大的榮耀，對這個登基三年的皇帝卻不是。他並不樂意當個皇權擺設展示給人看，所以一直興趣缺缺，最後他懨懨的說病酒，要去園子散一散，自己人跟就好。

其實他是火大。這老匹夫居然暗示想要他都沒哄上手的探花郎，真想把那個所謂的舅舅貓死。不去散散，他真要翻桌了。

皇帝悶悶的帶著三郎和趙公公，還有六個暗衛，在襄國公府的園子亂逛。他剛火大的把帶路的人攆回去了，他實在煩悶。結果誰也不熟這園子，迷路了。

就是在襄國公的某個偏僻小院，遇到喊了半聲救命的子繫。而捂著拖著他的小廝不認識這行人，喊人出來，結果都被暗衛打昏了。

「血。」皇上蹲下去扶起來，那孩子一把抓住他的袖子，露出來的手腕青紫交加，驚恐無神的眼睛直直的瞪著皇上，看看三郎和趙公公，昏過去了。

穿著女裝，卻是男孩子。

他們心知肚明，這孩子可能是襄國公養的……孌童。

襄國公的癖好很差，常常有少年少女的屍體悄悄的從後門抬出來。但此刻皇上登基才三年，跟先帝在時就權勢滔天的襄國公無法抗衡。京城百姓畏之如虎，聽聞襄國公儀仗將至，則藏兒女入室抖衣而顫。

趙公公張了張嘴，「皇上，這是襄國公府。」

是啊，這個所謂的舅舅他還惹不起。他該放下，裝作沒看到。

但那孩子緊緊的攢著他的袖子。

皇上把那十來歲的孩子抱起來，「朕病酒難支，擺駕回宮。」

說也沒說一聲，就直接翻牆走人。只剩下飛不走的趙公公，垮著臉回去跟襄國公告辭，把浩浩蕩蕩的天子杖儀擺回去。

襄國公來鬧過幾次，皇上就敢空口說白話，咬死沒見過。來找馮知事郎麻煩，卻只是挨了無數鄙夷的冷臉，這個看似文弱的美貌文臣卻有一身硬功夫，明裡暗裡都討不了好。

真要殺他也不是不行……只是為了個變童殺朝廷大臣，還是皇帝近臣，風險太大，此時也還不能撕破臉。襄國公這才忍下來。

結果皇上把那個孩子藏在御書房養傷。

這個只讓皇上碰的孩子，全身鞭傷交錯，連風流好色無忌男女的皇上都變色了。這是怎樣的虐待啊……

他只是大張著美麗而無神的眼睛，僵硬的讓皇上替他清理難言的傷口和塗藥，寧願痛死也不給別人摸一下。

不說話，也不笑。認定了皇上，像是驚嚇過度的野貓，躲在後面，緊緊攢著皇上的袖子。

四處打聽他的身世，大吃一驚的是，居然是官宦子弟……京城守家的庶子，名喚楊芝，據說病亡一年了。

「原來你叫楊芝啊。」皇上笑瞇瞇的跟他說。

「……我不叫楊芝。」養傷快一個月的孩子終於開口了。到這個時候，他才勉強適應了三郎和趙公公。

皇上啞然，和藹的說，「帶你回家找爹娘好不？」

他抬頭，美麗的眼睛溢滿仇恨，「我沒有爹，也沒有娘。」

皇上耐性的問了很久，得到一個冰冷的事實。之所以守門將會突然升京城守，是因為他把自己的庶子送給了襄國公。

不知道如何是好，只好讓他先留下。皇上很沒有取名字的天分，還是三郎幫他取了個「子繫」這樣的名字。

子繫在御書房養了三個多月的傷，那是三郎認識皇上之後，皇上笑得最多最開懷的時候。只要皇上回到御書房，子繫會揚起一個非常安心快樂的笑，迎接皇上，和趙公公學著怎麼磨墨倒茶，跟前跟後的，習慣性的攢著皇上的袖子。

即使是深覺只欠一死的三郎，都覺得子繫養傷的這段時間，是御書房最溫暖的時候……雖然已是深冬。

要把他送走，不只是皇上難過，連趙公公和三郎都有點黯然。

但是他卻歇斯底里的抓著皇上的衣袖大哭，說什麼也不肯走。皇上傷心，「我又不能把你一輩子關在御書房。好好好，別哭了，你想去哪？除了御書房以外。你想去哪就送你去哪，我會派人照顧你。」

「我想待在你身邊。」子繫撲在他懷裡，「我願意淨身入宮！」

皇上發脾氣了，厲聲，「胡說八道！小孩子家家懂什麼淨不淨身？你知道淨身是什麼意思?!」

「我知道。」子繫眼神興奮到有點瘋狂，「我偷看過趙公公……我自己來也可以。」

要不是阻止得快，他真的差點把自己給宮了。

皇上拿他毫無辦法，就一個十二歲的孩子。或許其他人不了解他的瘋狂和執念，但皇上和三郎這種內心有深刻傷口的人卻懂。

可不能看著他自殘，又不能把他一直藏在御書房。

「三郎你想想辦法！」皇上非常煩惱。

馮姨娘在這年的秋末過世了，三郎感觸很深，所以只淡淡的回答，「惜取眼前人。」

「屁話！他只是個小孩！」皇上拿奏摺扔三郎。

反正你男的女的都可以不是嗎？三郎嘆氣。明明非常上心，明明就如你所希望的，眼中只有你，沒有「皇上」。

「三郎你果然已經死了。」皇上鄙夷的看他，粗聲回答，「他還是個孩子，一切都來得及……為什麼要跟我關在這個我也不想待的錦繡籠子？我只希望他平安快樂就好了！」

或許吧……他還小，一切都還來得及。

所以他跟子繫談了一次。

皇上是絕對不肯給他淨身入宮的，但如果他只是希望待在皇上身邊，那還有一個機會。

皇室暗衛是家業，歷代相傳。暗衛子弟從幼挑選入營，淘汰過半，拔擢當中最菁英的一部分為暗衛，其餘入皇宮守衛或死士。

守衛御書房的就是暗衛，也是除了太監宮女外最有機會貼身侍奉的人。

他接受了。因為三郎說，他沒有保護自己的能力，萬一出什麼事情，只會拖累皇上。

一步一回頭的，那個孩子讓暗衛護送走了。皇上情緒低落了很久，但又很彆扭的不肯收信，老是大發脾氣的退信。最後子繫把信寫給三郎請他代轉。

「我先說喔，」皇上終於抱怨得舒爽了，「你出去以後，別再收他的信！」

「啟稟皇上，賣給您幹活好像不包括收不收信。」三郎閒然回答。

「你、你收你的，不要再拿來給我！」他亂發了一通脾氣，氣哼哼的走了。

……是我關了快兩個月，信沒得轉到您手上，您等得很心焦是吧？

他怎麼會服侍了這麼一個彆扭的昏君？果然是運氣不好啊。

＊　＊　＊

等三郎可以離開時，秋已經很深了。

牢獄之災和答辯的案牘勞形，讓他非常疲憊而憔悴，但精神上卻無比的亢奮。

終於，終於。他日日夜夜的渴慕期盼，終可償所願了。他是多麼多麼的想念芷荇……

我的荇兒。

參差荇菜，左右流之。窈窕淑女，寤寐求之。

開蒙時學《詩經》，第一首就是〈關雎〉。沒有想到，隔了十幾年，才真正的了解這首最初的《詩經》。

那種催折而焦躁的甜美。

一確定能走時，他匆匆前去和皇上辭別，連一刻都不願意等。

但這個皇帝，絕對是來摧毀他所有耐性的魔星。先是要他吃飯沐浴以後再走，他客氣的回絕之後，又裝模作樣的要他等著，皇帝要親筆聖旨褒獎寬慰，他開始有點不耐煩，還是勉強按捺著說免了。

「別急著走啊，」沒話找話的皇帝急著喊，「堂號總要的吧？朕已經著人去催了，很快的。」

三郎的火氣噌噌噌的往上冒，他火大，很火大。瞇細了眼睛，他不無威脅的看著皇帝，卻見皇上佯咳著轉頭。

……皇帝剛剛，是不是自稱為「朕」？

在御書房，身邊都是自己人，這個荒唐藐視禮法的皇帝，跟他總是你你我我的。只有說謊和色厲內荏的時候，才會自稱朕。

為了不耽擱時間，他還是仔細尋思了一下，抬頭看到趙公公擠眉弄眼，才恍然大悟，然後非常沒好氣。

清了清嗓子，三郎對著趙公公說，「公公，暗衛營有沒有我的信？」

趙公公勉強正色，也咳了聲，「是，馮知事郎，暗衛營寄來書信，向來託在老奴這兒。」趕緊把藏在袖裡兩三個月的信，恭恭敬敬的遞給三郎。

深深吸了一口氣，三郎才沒把這疊信砸在皇帝的臉上……明明信就在趙公公那兒，皇上會不知道？要信就去討啊！為什麼非要矯情的過這手？現在又鬼鬼祟祟的出新花樣，折騰他的脾氣和耐性？

「啟稟皇上，子繫來信。」他將終生的修養存量都提領出來，只得一個勉強平靜的表面。

「不看！」皇帝將頭一昂，非常大氣的回答。

三郎從一數到十，又從十數到一，然後把信往御案上一拍，奪身而走，省得他把信直接拍在皇帝的腦袋上。

「欸欸欸，就跟你講不看了！」皇帝還在他背後很口是心非的喊，結果只是讓三郎越走越急，深怕自己一時衝動，傷了皇帝尊貴的頭顱。

走出御書房，暗衛頭子對他扠手行禮，笑笑的牽過馬匹，返還他原本被扣下的鑑別金牌，並且告知馮夫人的落腳處。

三郎淺笑還禮，憔悴的臉龐卻燦出春花的燦爛，甜美而躁動，飛身上馬後，幾乎是急不可遏的馳馬而去，過宮門時只略略減速，將金牌一晃，就打馬飛奔。

就快見到她了。三郎的心滿得幾乎要爆炸，這三個月簡直比三百年還長，一天比一天還折磨。

還以為，已經愛她極深，卻沒想到，比他想像的還刻骨銘心，已經是肉中肉、骨中骨。和她分離，簡直是血淋淋的剮了他，生不如死。

原來我還會愛人。而且比我想像的還深刻許多許多。

太過焦躁，結果他在城西迷了路。他自己都啞然失笑。曾經以為，他經過大變已經心如灰燼般平靜，比死還沉重的穩定，什麼都不能改。沒想到，他會這樣歡喜的失了分寸，連方向都找不到。

一路一問的，慢慢的摸到留園……的後門。

滿天飛紅葉，看門的僕從怔怔的看著騎著黑馬的姑爺，鐸鐸的踏馬而來。

「……姑爺？姑爺！」門子大喊，「快開門！小七兒快去報訊，姑爺回來啦！」

是啊，我回來了……我回來了。

幾乎全家人都撲了出來，吉祥和如意在列，但是……他最想見到的人呢？

「你們姑娘呢？」三郎的心一沉，為什麼沒看到他心心念念的那個人？

「姑娘沒出來？」如意後知後覺的大驚，「最近姑娘情緒很糟糕，總是會突然不見……」她回頭看吉祥，「姑娘有沒有在屋頂？」

「沒有。」吉祥搖頭，「她早不蹲屋頂了。說被煩得慌。我以為她出來了呢，小七兒喊得可大聲了。」

仔細問了下，他的心一點一點的擰疼，越來越疼。他的荇兒，厭食少眠，連人都懶怠見，前些時候躲在屋頂上發呆，現在更躲得沒人找得到。但又不是出門，躲到天黑就會疲倦的回房，一天說沒幾句話。

一陣陣秋風過，遍梳紅葉飄。所有的人滿院的喊人，三郎也焦急的尋找，最後進了正房，看到柳筐裡扔著繡了一半的扇套，窗冷枕剩，打理得整齊，但什麼擺設也沒有，滿目淒清。

窗戶沒關，看出去就是一院深深淺淺的紅葉，如雨泣血。

這楓樹，還真不小……

尚未落盡的老楓樹，還真是個藏身的好去處。

瞇細眼睛，他抬頭，先是看到一截飄飛的雪白衣袂，在紅葉深處，深朱淺紅遮掩下，蹲伏在兩樓高處枝枒上的，就是他寤寐思服，無法或忘的娘子。

瘦好多，憔悴得厲害。眼下都是青影，下巴尖了，泡在憂思裡的可憐娘子。扶著樹幹，怯怯的看著他，眼睛都不敢眨。

「芢兒，我回來了。」他柔聲，伸手向芢荇。

但芢荇緊緊的攀著樹幹，喉嚨發出一聲低低的嗚咽，卻動也沒動。

若不是她的眼睛牢牢的盯在他身上，三郎真的要慌了。莫不是……爬得上去爬不下來？有可能。想想她那插得進桌子卻拔不出來的鐵爪功……太有可能了。

衡量了一下，他縱到樹上，幾個起跳到她身邊，枝枒微微晃了一下，卻滿能乘載他們兩人的重量。

「……看到我不高興嗎？」他的聲音更柔，輕輕的攬過芷荇。

毫不意外的，芷荇抱著他哭了，哽咽吞聲，破破碎碎的說，「相疑在夢中……」

傻氣的姑娘。歡喜的傻了啊……

他原本想笑，但是抬頭一看，轟然腦袋炸了雷。

明白了，為什麼芷荇會躲在樹上了。從這兒可以眺望留園位於巷底的正門，夕陽餘暉中，筆直的巷子泛著金光，通往遙遠的宮廷。這是宮裡離留園最近的路，如果他沒迷路的話，應該循著這條路回來，芷荇第一眼就可以看到他。

像是被同樣巨大的歡喜和悲痛碾碎了，有多歡喜就有多悲痛。

不是君心似我心……而是君心即我心。我的荇兒……浸在別離的黃連裡，吃了這麼多的苦。

終於確定不是夢，芷荇哇的一聲大哭起來，「不要了不要了！以後絕對不要分開了……死也帶我去死吧，不要了……嗚嗚……」

秋風起兮，殘紅繽紛似黃昏雪。三郎和芷荇抱頭痛哭，說不出是歡喜多些，還是痛苦多些。

「好的。」三郎沙啞的回答，「今後再也不會了……死也帶妳一起死。」

《待續》

作者的話 之一

事實上我是個想很多的人。所以「不斷的穿越」兩個系統「新大明朝」和「大燕朝」，新大明的部分我把朱熹抹得很黑，而且革除掉我最痛恨的纏足淫風。大燕朝我就真的很認真，意圖拼圖說演義……可能的話我想寫史，但我能力不足，非常遺憾。

但不管我走向為何，穿越如何的荒唐和不可能，我還是希望盡量的在可能範圍內合理化，盡量做到煞有其事，而不是照著既有的類別套路走，讓人一看就覺得超假。

其實我功力還真的很不足，功課也做得不夠嚴謹，但我真的盡力了。

大凡宅鬥小說（無論穿不穿越），其實都受到《紅樓夢》至深至遠的影響，這並不是什麼壞事……最少一個良好的範本不會導致衍生作過分離譜。但只習得皮而未得骨實在是很遺憾的事情，這就是為什麼我喜歡的宅鬥小說很少的緣故。

「三妻四妾」是我們都知道的成語，但古代中國真正實行的是一夫一妻多妾制，其實相當程度的保障了正妻的權力。平妻是很罕有的，官方承認的很少，這是一個小小的冷知識。所以平妻很不容易有，往往要上面（層級往往是皇帝）恩准才會有這種兩頭大。

當然，民不舉官不究，民間這種情形會有，但並不獲民俗的擁戴，依舊稀少，這還是要鄭重聲明的。

再者，妾室的多寡和有無，並不如想當然耳的多與平常。我們想想《紅樓夢》，史老太君最偏疼的小兒子賈政，兩妾。貪花好色的賈璉，一通房。襲爵的賈赦妾室最多，卻被看成「沒出息」、「好色」。

王夫人呢，也沒可勁兒往媳婦房裡塞人，甚至跟寶玉略有首尾就會勃然大怒而不是笑嘻嘻的等著抱孫子。

也就是說，社會風俗允許男子納妾，卻不是讓你敞開來享用。尤其是當官的，官越大越要防範被參，畜養歌姬舞孃這種「玩物」，可以，但過寵會被輕視嘲笑。丫頭成為通房可以，但要熬到姨娘，往往需要有兒女才有這種榮寵……而且越有規矩的家裡，嫡不佔長是很失德的事情。

若覺得我說得很不對，建議回去複習一下《紅樓夢》，算一下嫡庶的年紀，大概可以略窺一斑。

至於古代不納妾的男人有沒有呢？其實有的，也不如我們所想那麼的稀少。管仲學派裡的某個分支甚至將庶生看得非常罪大惡極。連擁有後宮最正當的皇帝，都出了明孝宗這個奇葩。其實還有個後周太祖郭威，因為親族被屠戮殆盡，他的後宮簡樸到淒涼，寧可以養子柴榮為太子，也沒想大擴後宮生自己的孩子。

真正會大納妾室毫無禁忌的，往往是豪富商家，或者是根基淺薄、為官一兩代的「衙內」（官家紈褲子弟）。

會為了寫些自娛娛人的小說，我會翻這麼多資料，完全是我自己神經。但我覺得分享一點冷知識，也不枉費我苦苦讀了那麼多無路用的故紙堆。

這也是為什麼我寫宅鬥興趣缺缺的緣故。就這麼一個院子，仰頭看得最遠的只有明月。嫁人為妻或被納為妾根本就身不由己，互相踩踏不但無聊，更毫無意義……反而有濃濃的悲劇感。

不是這些被圈養的女人悲劇，男人也很悲劇……因為追根究柢，不管妻或妾各種嬌柔張致，其實只是討好依附。真感情？做夢去吧。有真感情女人寧可花在自己兒女身上，看起來享風流齊人之福的男人，事實上就個精子供應器兼提款機，說得難聽點，就是花錢還被白嫖，除了自鳴得意、無自知之明，跟女人自以為情根深重，事實上卻只是爭個種子和地位一樣悲劇到可以。

這也是為什麼，我寫「無盡的穿越」系列，男女主角都是狠狠脫過很多層皮，尤其是男人，根本就被整得五癆六傷，各種身心傷殘，太有資格領取重大傷殘手冊了。

因為男人聰明有才華，那是萬萬不夠的。只有奪走他們的一切，讓命運鞭笞到骨髓都快流出來，被社會風俗嬌寵慣了的男人才能教育過來，才知道什麼是惜福，才配得上我堅毅沉著、睿智靈慧的女主角。

當然啦，現實絕對不可能發生。但既然這文字由我所書寫、書中世界由我所創構，也不妨放膽羅織到底，讓有同樣遺憾的讀者共赴一夢吧。

題外話。有的讀者說我喜歡花美男……其實這倒不完全正確。坦白說，現在我看到花美男只會勾起新仇舊恨，唯一的渴望是將他們一腳踹出三丈之外省得礙眼。

只是嘛，既然男生看的ＹＹ小說都提供了各式各樣、活色生香的福利，我定心想想，矜持什麼呀，既然我也是讀者（之一），提供點福利又怎麼了？臉皮這東西父母生成，不代表臉皮下就絕對該是聖人或蛇蠍。

只要不是真人站在眼前，我就不會想踹。過過眼癮，再自然也不過了。

曾經我最大的希望就是「一生一世一雙人」，但最後得到的只是無盡的問號。現在我最抱怨的是7-11不賣氰化鉀，我最希望的是「乾乾淨淨、清清爽爽的走」。

因為前者需要一個被命運抽得骨髓都流出來的男人，這太困難了。後者容易多了，一個人就行……但安樂死到現在還沒合法，實在氣悶。

這也不行，那也不可……令人嘆息。想來只能在疾病的縫隙繼續編織我的滿紙荒唐言，以慰無聊到極致的餘生了。

還好還有零星亮點足以振奮。ＡＨＱ連勝ＳＧＳ和ＴＰＡ，讓我足足高興了三天。傲嬌了一個冬天帶半個春天的大岩桐開了滿園。白木槿、紅扶桑，沙漠玫瑰，鬧了一個春暮。

宛如長夜的餘生，就是還有這些零星亮點，才覺得有動力繼續呼吸。

2013/06/05

國家圖書館出版品預行編目資料

深院月. 上, 轉朱閣篇 / 蝴蝶Seba 著
-- 初版. -- 新北市 : 雅書堂文化, 2014.02
面 ; 公分. -(蝴蝶館 ; 63)
ISBN 978-986-302-162-9 (平裝)

857.7 103000812

蝴蝶館 63

深院月 上卷〈轉朱閣篇〉

作　　者／蝴　蝶
發 行 人／詹慶和
總 編 輯／蔡麗玲
執行編輯／蔡毓玲・蔡竺玲
編　　輯／劉蕙寧・黃璟安・陳姿伶・李佳穎・李宛真
封面繪圖／五十本宛
執行美編／陳麗娜
美術編輯／周盈汝・韓欣恬

出版者／雅書堂文化事業有限公司
郵政劃撥帳號／18225950
戶名／雅書堂文化事業有限公司
地址／新北市板橋區板新路206號3樓
電子信箱／elegant.books@msa.hinet.net
電話／（02）8952-4078
傳真／（02）8952-4084

2014年02月初版一刷　2017年08月初版六刷　定價240元

經銷／易可數位行銷股份有限公司
地址／新北市新店區寶橋路235巷6弄3號5樓
電話／（02）8911-0825
傳真／（02）8911-0801

Seba · 蝴蝶

Seba・蝴蝶

Seba · 蝴蝶

Seba・蝴蝶

Seba・蝴蝶

Seba・蝴蝶